もり Mori
Illust. 紫真依
婚約破棄された
公爵令嬢は冷徹国王の
溺愛を信じない

エルマン
クールで中性的な顔立ち故
男女ともに人気が高い。が、
外見とはかけ離れた真っ黒な腹の内を知ると
みんな逃げ出していくのだとか…。
シメオン
基本的に兵舎か鍛錬場にいる。
3人の中で最も寡黙だが、
甘党で冗談が好きというかわいい一面も…。
ニコル
少年のように見えるが、ジュストと同じ26歳。
いつもニコニコしているが、
戦場に立てば悪魔のような一面を見せる。
ジュストの腹心たち
ジュストをいつも支える部下。
全員そろって「4人の悪魔」と恐れられている。

CHARACTERS

マノン
ルチアの侍女で一番の味方。
ルチアが小さいころから
面倒を見てくれており、全てを知り尽くす。
ジュスト
バランド王国の王ジュスト・バランド。
戦場では腹心の3人とともに
「悪魔」と呼ばれている。
ルチアとは持参金目当ての
愛のない結婚をするが…。
ルチア
オドラン王国ショーンティ公爵家令嬢。
浮気者の王太子から悪女という噂をたてられ
婚約破棄され、王国に嫁がされる。
派遣社員をしていた記憶があり、いつも2番手扱い
されていたことから今世でも恋愛に臆病。

あなたに味方がいてくれて
本当によかった
これ以上は本当に
好きになってしまう！
推し相手に本気になってはダメ！

婚約破棄された公爵令嬢は冷徹国王の溺愛を信じない

もり Mori Illust. 紫真依

目次

プロローグ

内乱の爪跡がまだ残るバランド王国には不似合いな豪華な馬車と、それに連なる馬車や荷車の行列が王城へと入っていった。

そして、行列の中心である華美な装飾の施された馬車が王城正面扉前へと止まる。

出迎えの人々が待つ中、別の馬車から飛び降りてきたお仕着せの従僕が、踏み台を用意して馬車の扉を恭《うやうや》しく開けた。

すると、馬車から大輪の紅いバラが咲いたのかと見紛うような女性が出現し、出迎えの者たちは息をのんだ。

そんな人々の中でも、表情の変わらない背の高い男性が数歩前へと進み出た。

「無事に着いて何よりだ。あなたがルチアア・ショーンティ公爵令嬢か？」

「――はい」

無礼とも言える男性の態度に、ルチアに従ってきた者たちがざわつく。

さらには迎える側に笑顔もなく不信感が表れており、ルチアたちが歓迎されていないことはわかった。

どうやらこの国にまで、悪女ルチア・ショーンティの噂は広まっているらしい。

プロローグ

「そうか。私はこのバランド王国の王、ジュスト・バランドだ。着いて早々悪いが、このまま式を行う」

ルチアの予想通り、男性は結婚相手であるバランド国王――ジュストだった。

ジュストの整った顔立ちの中でも意思の強さが表れた碧色の瞳はとても印象的である。

また、日に焼けた肌は野性的で漆黒の髪と逞《たくま》しい体を覆った黒い軍服はとても威圧的に感じられた。

祖国の貴族女性なら恐怖で泣き出したかもしれないが、ルチアは怯《ひる》むことなく立ち向かった。

「式とは、結婚式のことですか？」

「それ以外に何の式があるんだ？」

「結婚式となると、いろいろと準備がありますす」

いきなり今から結婚式だと言われて抗議するルチアを、ジュストは上から下から嫌味ったらしく視線を這《は》わした。

ルチアが身にまとっているドレスは、なめらかな深紅の生地が胸元から女性らしい体つきにぴったりと沿い、腰からはフリルをふんだんに使って大きく広がっている。

赤褐色の髪はきっちりと結い上げられ、澄んだ青い瞳を、美しいがきつい印象に強めていた。

王城への到着前の最後の休憩で、バランド王国側に舐められないようにと気合いを入れたのが失敗だったようだ。

「それだけ着飾っていれば十分だろう」

「皆も疲れていますし――」

「式はすぐに終わる。宴をする時間はないから、式の後に休めばいい。それに私は明日からしばらく視察で城を留守にするため、あなたもしっかり休めるだろう」

「ですが、彼らには休む暇がありません」

「それなら休ませればいいだろう？　それとも式に参列までさせるのか？　ああ、あなたの世話をしなければならないのか」

その言葉はジュストがルチアの噂を信じていることを裏付けた。

わがままで贅沢好き、商人と結託して私財を増やし、気分で使用人を解雇、将来の王太子妃として内政にまで口を出し始めた悪女。

ついには王太子に婚約破棄されたが、十年もの婚約期間の慰謝料にと国王に莫大な賠償金を要求し、次の夫を捕まえるための持参金にした、と。

だとすれば、ジュストはその莫大な持参金目当ての結婚を承諾したのだ。

内乱で傾いた財政を立て直すためなのだろうが、それにしてもジュストのルチアへの態度は許しがたいものだった。

（勝手に殉教者ぶっていればいいわ）

ルチアはジュストを見上げ、ふんっとわざとらしく鼻で笑った。

かすかに驚くジュストからさっさと視線を外して振り返る。

「みんな、疲れているところをごめんなさい。これからすぐに結婚式なんですって。荷運びは後でもいいし、休みたい人たちは案内してもらって休んでちょうだい。式に参列してくれるなら、どうぞいらして」

背後でジュストがさらに驚く気配がする。

ジュストだけではなく、出迎えたバランド王国側の者たちもかなり驚いているらしい。

ルチアはそんなことにはかまわず、慕《した》ってついてきてくれた使用人たちに笑顔を向けた。

「もちろんです」

「ルチア様の結婚式に参列できるなんて、嬉しいです！　バランド国王陛下、ありがとうございます！」

ルチア側の者たちの喜びように、ジュストも他の者たちも戸惑っていた。

噂の通りなら、使用人たちはルチアに虐《しいた》げられているからだろう。

ルチアは再びジュストへと振り返ると、今度はにっこり笑った。

「それでは、式場へ案内してくださいますか？」

ルチアの差し出した手を、ジュストはしぶしぶ取って歩き始めた。

出迎えの者たちは呆気に取られていたが、その中で目を引く三人がルチアとジュストの後を追う。

ルチアはジュストに手を引かれて堂々と歩きながらも、内心では不安でいっぱいだった。

こんなにもルチアが初対面から強い態度で臨んでいるのは、ジュストにも噂があるからだ。

ジュスト・バランドは悪魔の化身である、と。冷酷無比で人の心を持たぬ覇王。

戦時下においてはそれも仕方ないことだとルチアは理解していたが、問題はこれからだった。

本当に心がないのならば、道中で見かけた荒れ果てた畑や荒んだ村をこれからも気にかけることはないだろう。

（ううん。きっとこの国を立て直すつもりで私との結婚を決めたんだわ。……要するに持参金目当てで、私はおまけ。ここでも私は二番目だか何番目だかになるんでしょうね……）

ふうっと小さく息を吐いたルチアは、ほんの少し過去へと思いを馳《は》せた。

ルチアには前世の記憶がある。

ここではない世界――日本という国で派遣社員として働いていた頃の記憶。

前世のルチアはいつも我慢して笑顔を浮かべ、聞き分けのいい素直な子を演じていた。

その結果、得られたのは『二番目』の立場。

家族には『お姉ちゃん』として扱われ、学校では先生たちの記憶に残らない扱いやすい普通の子だった。

恋人ができても、面白味がないと振られ、そもそもが付き合っていなかった――ただの浮気相手だったりもした。

職場では与えられた以上の仕事をしていても、評価されることはなかったのだ。

十二歳のときに、それらを思い出したルチアは喜んだ。

今世のルチアは公爵令嬢で王太子の婚約者。妹もいない。

こんなに恵まれた立場なら、きっと好きに生きることができる。

なりたい自分になろうとルチアは頑張った。

その結果が『可愛げがない』だそうだ。

父にも兄にも、婚約者だった王太子にもよく言われた言葉である。

前世で読んだ物語のようにみんなに好かれるお姫様になろうと、みんなで幸せになろうと欲張りすぎたらしい。

(めでたし、めでたし。なんて、物語の中だけよね。現実はこんなにも甘くないんだから)

手を取りながらもルチアを気遣うことなく足早に進むジュストをちらりと見る。

それから軽く振り向いて、ジュストの部下——同じように〝悪魔〟だと恐れられる三人の将軍を見てから前に向き直った。

これから葬儀だと言われても納得するくらいには、三人とも重い雰囲気をまとっていた。

(別にいいわ。もう期待なんてしない。ただ私を慕ってついてきてくれたみんなだけは絶対に苦労させないようにしよう)

ルチアはそう強く決意して、何の飾りもされていない礼拝堂へと入っていった。

第一章

「――信じられません！　どうしてルチア様のお部屋がこのようなただの客間なのですか！　しかもろくに掃除もされていないなんて！」


簡素な式が終わり案内された部屋は、主棟ではなく翼棟にある客間だった。

荷物もすべて運び込まれていることから、仮部屋でないことがわかる。

その事実に、もう十年も仕えてくれている侍女のマノンは怒っていたが、ルチアとしては部屋はどうでもよかった。

この調子ならおそらく初夜もないだろう。

「まあまあ、そんなに怒らないで。とりあえず今夜はもう寝ましょうよ。みんな疲れたでしょう？」

ルチアが寝なければ、使用人たちも休めない。

従僕たちはここにはいないが、何かあればいつでも駆けつけてくれるのはわかっていた。

今回の嫁入りに公爵家からついてきてくれた使用人たちは、マノンをはじめとして十五人もいるのだ。

彼らはルチアを選んだ時点で公爵家を解雇されている。

嫁入りに使用した馬車も荷車も公爵家のものではなく、ルチアと取引していた商会が無償で貸してくれたものだった。

要するに、ルチアは嫁入りに関して公爵家からほとんど何もしてもらっていない。

王太子に婚約破棄されたことで、実質勘当されたようなものだった。

ルチアが今持っているものは母からのわずかばかりの遺産と、ショーンティ公爵家の娘として与えられていたドレスと装飾品が少し、そして前世からの知識だけ。

(でも知識はダメね。前世の知識を活かそうとして、皆の反感を買ってしまったんだもの)

ベッドに入ったルチアは枕元のランプを消して真っ暗な部屋の天井を見つめた。

マノンは掃除がされていないと怒っていたが、実際のところは手が行き届いてないだけなのだろう。

ベッド周りも寝具も埃っぽさなどはない。

ルチアの体は疲れているのに目は冴えていて、これからのことを考えたいのに、どうしても過去のことを思い出してしまっていた。

『――なんて可愛げのない女だ！　ルチア・ショーンティ！　やはりお前は噂通りの悪女だな！』

建国記念のパーティーで、婚約者だった王太子のジョバンニにそう怒鳴りつけられたときには驚いた。

その少し前には一方的に婚約を破棄すると宣言されたばかりだったのだ。

『私はたった今、皆様が見ている前で殿下と十年前に交わした約束を――婚約を一方的に破棄されました。それなのになぜ私が責められなければならないのでしょうか？』

『それは……お前の態度が悪いからだ！』

『態度が悪い？』

『そ、そうだ。本当に血も涙もない女だな。なぜ私がお前との婚約を破棄したかわかっているのか？』

『そちらにいるバロウズ侯爵家のお嬢さんと結婚されたいからでしょう？　たった今、そう宣言されたではないですか』

要するに乗り換えた、と。

ルチアはショックを受けながらも、冷静になろうと必死だった。

そのせいか、頭の片隅で『なぜ浮気男はいつも逆切れするのかしら』などとの考えが浮かんだ。

バロウズ侯爵令嬢のカテリーナはルチアと目が合うと怯《おび》えたように殿下の腕にしがみつく。

こういうのが『可愛げ』というものなのだろうかと考えて苦笑すると、ジョバンニは令嬢を庇《かば》うように一歩前へと出た。

そのとき、カテリーナがジョバンニの背後で一瞬にやりと笑った顔が今でも忘れられない。

そして、カテリーナはぶるぶる震えながら呟《つぶや》いたのだ。

『わ、私が心配のあまり殿下に余計なことを言ってしまったから……』

うっかり漏れ出たというようでいて、しっかりルチアにまでその声は聞こえた。

儚《はかな》くも可愛らしい容姿にゆっくりとした仕草。控えめな態度に声まで可愛いとなると、男性は惹かれるらしい。

ジョバンニはカテリーナに優しい視線を向けてから、ルチアを睨《にら》みつけた。

『ルチア・ショーンティ！　お前は私のことを、遊んでばかりで政務を疎《おろそ》かにしている、と言ったそうだな！』

言っていない。思ってはいたが。

ただ似たようなことを口にしたかもしれない、とルチアは考えていた。『殿下がもう少し政務に時間を割いてくだされば』とか何とか。

『また、自分が王太子妃になれば、この国を思いのままにする、とも言ったそうだな！』

言っていない。思ってもいない。

ただ『殿下と結婚した後には、さらに民のために努めたい』と言ったことは覚えていた。

それをどこかで耳にしたカテリーナがわざと曲解してジョバンニに伝えたに違いない。

それからは、パーティー会場はルチアの糾弾《きゅうだん》の場となってしまった。

特定の商人と癒着しての市場の独占、王太子の婚約者という立場を利用した越権行為など、すでに悪女と噂されていることから、悪質な虐《いじ》めまで様々な罪が挙げられ非難されたのだ。

（で、結局は証拠不十分でお咎《とが》めなしなんだけど）

ルチアの行いで不利益を被った者たちが流した噂にすぎないのだから、証拠などあるはずがない。

そもそも証拠を捏造《ねつぞう》できる者なら、もっと上手くやっただろう。

結局、ジョバンニの父親である国王は、噂に踊らされた王太子の不始末を表立って非難することもできず、ルチアに莫大な賠償金を支払ってくれたのだった。

（でも、お父様たちはカンカンに怒ったのよね、私に）

常日頃から公爵家の運営にあれこれと口を出していた生意気な娘が、ついに王太子に公衆の面前で捨てられ恥をさらしたと家族は激怒した。

賠償金を持参金にすることで強引にこの結婚を決め、勘当も同然にルチアを追い出したのだ。

そんなルチアに同情し、慕っていてくれた使用人たちは保障もなく解雇され、取引していた商人たちは契約を解除された。

（お父様やお兄様をもっと上手く立てるべきだったのよね……）

ルチアはころんと寝返りを打ってため息を吐いた。

何が正解だったのかわからない。

それでも、慕ってついてきてくれた使用人たちがこれ以上苦労しないようにする責任がルチアにはある。

商人たちにもいつか恩返しをしたい。

そのためにも、ルチアはここで――このバランド王国で居場所を見つけなければならないのだ。

（とりあえず出しゃばらず、陛下の邪魔をせず、求められる妻の役目を徹底する。……持参金目当てだから本当はもう用なしなんだろうけど、さすがにすぐに殺されたりは……しないはず）

使用人の皆がこの城できちんと暮らしていけることを確認するまでは死ねない。

それだけがルチアには心残りだった。――本当はもっと願いはあるが。

嫁ぐ前に最悪の場合を考えて遺言状もきちんと用意して、信頼できる者に預けている。

ひとまずの目標を確認したところで、ルチアは夢の中へと入っていった。

＊　＊　＊

馬の嘶《いなな》く声、低い声での話し声で目が覚めたルチアは、ゆっくりと体を起こした。

どうやら窓の外――前庭に人が集まっているようだ。

ぼんやりしながらルチアがベッドから出ると、その気配を察したのかマノンが洗面器を持ってきてくれた。

「おはようございます、ルチア様」

「おはよう、マノン」

「さすがお早いですね。疲れていらっしゃるでしょうに、今日くらいはもっとごゆっくりされてもよろしかったのではないですか？」

「これはもう癖のようなものね。それとも、悪女ルチア・ショーンティに早起きは似合わないかしら？」

「またそのようなことを……。そんな大嘘をご自分で認めるようなことはおっしゃらないでください」

「そうね」

冗談めかしたルチアの言葉を、マノンは困ったように窘《たしな》める。

ルチアはくすりと笑って、もうひとりの侍女がいくつか用意してくれたドレスから一番地味なものを選んだ。

そして顔を洗って着替え、鏡の前に座る。

「外が騒がしいけれど、何かの訓練かしら？」

「ああ、騎士様たちはきちんと鎧《よろい》をまとっていらっしゃるので、どこかに遠征されるのかもしれませんね」

「え⁉」

まだかすかにぼうっとしていた頭が一気に覚醒する。

ルチアは早起きはしても、普段は朝食をとるまでしっかり頭が働かないのだ。

だが、マノンの返答を聞いて立ち上がると、急ぎ窓辺へと向かった。

「ルチア様⁉」

髪を梳《と》かしていたマノンがブラシを落としそうな勢いで驚く。

そんなマノンをフォローする暇もないほど、ルチアは焦っていた。

ジュストからしばらく視察に出かけると聞いていたのにうっかりしていたのだ。

見送りもしないなんて、妻失格だろう。

朝陽が差し込む窓を開け、ルチアは身を乗り出した。

今にも出発しようとしている騎士や従者たちの中、先頭に黒い鎧をまとったジュストが見える。

まるで戦にいくような重装備だが、内乱が収まったばかりでの視察はそれだけ危険が伴うのだろう。

そう思うと、ルチアの胸はぐっと苦しくなった。

昨日会ったばかりで会話もほとんどない、冷たい態度のジュストだったが、それでもルチアの夫となったのだ。

「陛下！」

ルチアが大声で呼ぶと、ジュストだけでなく前庭にいた皆が振り向いた。

背後ではマノンたちが「ルチア様！」と悲鳴をあげている。

髪も結わずに窓から身を乗り出して大声で呼ぶなど、淑女としてはしたないどころではない。

それでもルチアは伝えずにはいられなかった。

「どうか道中お気をつけていってらっしゃいませ！　ご無事でのお戻り、お待ちしております！」

静まり返った前庭に、ルチアの声はよく響いた。

ジュストは軽く目を見開き驚いた様子だったが、何も言わずにくるりと前に向き直る。

それから、ようやくルチアに応えるように右腕を高く上げた。

途端にその場が沸く。

見えていないのはわかっていたが、ルチアは大きく手を振った。

そのまま進み始めたジュストに騎士たちが従い、その一団が見えなくなるまでルチアは手を振り続けた。——が、背後から不穏な気配が伝わってくる。

「ルチア様、お見送りなさりたかったのなら、おっしゃってくだされば、お起こしいたしましたのに」

「あ、うん。昨日はいろいろあって、すっかり失念していて……」

「だからといって、そのように御髪を振り乱して大声を出されるなど、陛下やこの国の人たちはさぞかし驚かれたでしょうね」

「……そうかも」

子どもの頃から世話をしてくれているマノンに、ルチアは頭が上がらなかった。

しょんぼりするルチアを鏡の前に連れ戻し、マノンはにっこり微笑んだ。

「ですが、実のところは嬉しいんですよ」

「嬉しい？」

「はい。あのように元気なルチア様は久しぶりですから。ここ何年も、ルチア様は私たちのため、民のためにと、ずっと尽くしてくださっていたでしょう？　昔はもっと……いえ。とにかく、このお部屋はどうかと思いますし、このお城の人たちのルチア様への態度もどうかとは思いますが、あの馬鹿馬鹿しい噂のせいなら仕方ありません。すぐにルチア様が素晴らしい方だって、皆様お気づきになりますわ」

昨日とは違って、ゆったりと余裕を持たせた結い方で髪を整えながら話すマノンの言葉に、他の侍女たちも大きく頷いている。

ルチアは鼻の奥がつんとしたが、どうにか笑ってみせた。

みんなルチアを信じてついてきてくれたのだ。

これ以上の心配をかけるわけにはいかない。

「ありがとう！　それじゃあ、さっそく城内の探検をしたいわ！」

「ルチア様……」

元気よく答えたルチアに、マノンは呆れたようにため息を吐く。

お互いわざとらしくはあったが、それに触れるものは誰もいなかった。

「それでは、案内してくれる者を頼んでまいります」

「ええ、お願いね」

朝食が運ばれてきたところで、マノンが断りを入れて出ていった。

マノンも他の使用人たちも、今のところこの城で働きにくさは感じていないようだ。

ルチアはほっと安堵《あんど》して、食事を始めた。

＊　＊　＊

ジュストはゆっくり馬を走らせながら、先ほどのルチアのことを思い出していた。

朝陽を浴びて柔らかそうな長い髪を輝かせ手を振る姿が脳裏に焼きついて離れないのだ。

あれでは悪女どころか、朝を司る女神のようだった。

「――ジュスト様、どうかされましたか？」

「何がだ？」

「笑っていらっしゃるから」

「そうか？」

ジュストと並行して馬を走らせるのは、腹心の部下であるニコルである。

ニコルに笑っていると指摘され、自覚のなかったジュストは急ぎ表情を引きしめた。

そんなジュストは珍しく、ニコルは驚いたようだったが、すぐにニコニコ笑う。

「奥方のことでも考えていらしたんですか？　先ほどのお見送りには驚きましたよね」

「……確かに、驚きはした」

「ですよねー。昨日の噂通りの悪女っぷりな感じとは違って、今朝は何ていうか……いい感じ？」

「ニコル、お前はもう少し語彙を増やせ」

「ええ？」

今のニコルは少年のように見えるが、戦場に立てば悪魔のようだと恐れられている。

この視察では留守番をしているもうふたりの部下とともに、バランド王国には四人の悪魔がいるともっぱらの噂だった。

「それで、僕の語彙力は置いておいて、これからどうされるんですか？」

「予定通り、アーキレイ伯爵に直接会って、彼の真意を確かめるつもりだ」

「そっちじゃなくて、奥方のことですよ。噂は本当なんですかね？　部屋については文句を言ってこなかったようですけど、ひょっとして今頃言ってるかも？」

「だとすれば、エルマンが対処するだろう」

「奥方の部屋をあそこに決めたのはエルマンなんですから、それは当然ですよ」

「だが、私もお前も反対はしなかった」

「それはそうですけど……」

ジュストの言葉に反論することができず、ニコルはむうと黙った。

ニコルは弁が立つが、ジュストとエルマンにだけは勝てない。

勝つ気もないのだろう。

ニコルはすっかり黙ってしまい、ジュストは馬を進めながらこの結婚を——ルチアをどうするかについて考え始めた。

そもそもこの結婚を決めたのは、誰もが予想しているようにルチアの持参金目当てである。

それでも当初は皆に——特にニコルとシメオンに反対されたことをジュストは思い出した。

ジュストには三人の腹心の部下——エルマン、ニコル、シメオンがおり、何かを決定するときはたいてい四人で話し合っていた。

ジュストより二歳年上のエルマンは、中性的な美しい顔立ちと銀色の髪を長く伸ばしているからか、女性だけでなく一部の男性からも人気が高い。しかし、外見とはかけ離れた真っ黒な腹の内を知ってしまった者たちは急ぎ逃げ出していくのだった。

エルマンと同じく二歳年上のシメオンは背もかなり高く、鋼色の髪と鋭く赤い瞳が端正な顔立ちをより際立たせ、四人の中で一番恐れられている。

そしてジュストと同じ二十六歳であるにもかかわらず、十代にしか見えないニコルは金色の柔らかな髪を揺らしていつもニコニコしている。

そんな四人の話し合いがいつしか、バランド王国の四人の悪魔は夜な夜な集まっては次の獲物を狙い定めている、と噂が広まっていったらしい。

あの日も、王城にある小さな遊戯室でカードゲームをしながら、この国の現状、問題点、今後の対応、方針を話し合っていた。

そのとき、ニコルが質問したのだ。

『そういえば、オドラン王国から書簡が届いていたようですが、何の用件だったんですか？』

ニコルがカードを引きながら問いかけると、エルマンがちらりと主《あるじ》を――ジュストを見た。

どう答えるべきかジュストはわずかに考えたが、黙っていてもいずれは知られることである。

『――花嫁の打診だ』

『へえ？　誰のですか？』

『ニコル、冗談ではないのですよ？』

『だって、僕たち四人とも独身じゃないですか』

エルマンに窘められると、ニコルは不服そうに唇を尖らせた。

そんなニコルは無視して、シメオンがようやく口を開いた。

『花嫁は誰ですか？』

『名前はルチア・ショーンティ。ショーンティ公爵家の娘だ』

『ルチア・ショーンティ⁉　あの噂の⁉　まさか受けるつもりですか⁉』

シメオンの問いかけだったが、驚きの声をあげたのはニコルだ。

しかし、ジュストはあっさり頷いた。

『そのつもりだ』

『反対です！』

『賛成できません』

ニコルだけでなく、普段はあまり意見を口にしないシメオンまでもが反対した。

このふたりの意見が揃うことは珍しい。

『彼女がどうであろうと、彼女についてくる莫大な持参金はかなり魅力的だ』

『ですが、噂ではすごい贅沢好きで浪費家で、商人と結託して公爵家だけでなく国庫にまで損害を及ぼしている、なんて言われているんですよ？　それも政務官を丸め込んでいるからとか。しかも酷《ひど》くわがままで使用人を急に解雇したりしているそうですよ』

『隣国のことなのに、ずいぶん詳しいな』

『それだけ、ルチア・ショーンティの悪女っぷりが噂になっているってことです！』

ジュストが花嫁の魅力的な点を挙げれば――莫大な持参金だけだが、ニコルが悪い点を挙げた。

その内容にジュストが面白がって答えれば、ニコルはドンッとテーブルを叩く。

『エルマンだって、反対なんだろう!?』

『私は悪くないと思います。この国は今、長く続いた内乱のせいで財政状況が芳しくありません。提示された持参金があれば、十分とはいかなくても財政立て直しの助けになります』

『その持参金だって、贅沢好きの王妃じゃ、あっという間に使い果たしてしまうじゃないか！オドラン王国だって、それだけの金を払ってでもその悪女を国から追い出したいってことだろ!?』

『王妃の権限を与えなければいいのです。我々に――ジュスト様に必要なのは花嫁の持参金だけ。名目だけの花嫁で十分ではないですか。政務官を丸め込むということは、それなりに頭も働くのかもしれない。それならいっそのこと、どこかに閉じ込めてもいい』

『え……それはさすがに……』

エルマンの冷酷な提案に、さすがにニコルも引いたようだ。

ジュストは黙って聞いていたが、シメオンが次に発言した。

『子どもが生まれてしまったら？　子どもを――次期国王を理由にオドラン王国に内政干渉さ

れるのはご免です』

『ですから、名目だけと言っているではないですか』

『もうエルマンの考えはいいよ。ジュスト様はどのようにお考えなのですか?』

エルマンの返答に焦《じ》れて、ニコルはジュストに直接問いかけた。

『先ほども言った通り、受けるつもりだ』

『本気ですか?』

『では、本当に閉じ込めるつもりなんですか?』

『それはどうかな。噂というのはいつも大げさなものだ』

『火のないところに煙は立たないって言いますよ。実際、僕はともかく三人は……』

意味深な言い方のニコルを、三人は嘘つきだと責めるように見た。

戦場で一番手に負えないのはニコルだ。

『では、決定ですね』

『ああ』

ジュストの意見はすでに固まっていることに気づいて、ニコルもシメオンももう反対はしなかった。

それからのジュストは、結婚にまつわる些事はエルマンに任せていたため、花嫁の部屋を翼棟に用意していたのは昨日まで知らなかった。

とはいえ、ジュストに不満はない。

花嫁には――ルチアには悪いが、ジュストは彼女のご機嫌を取っている場合ではないのだ。

ひとまず内乱は収めたものの、反乱分子はまだあちこちにいるだろう。

それらを制圧し、抑止するためにも、アーキレイ伯爵との会談は何を置いても優先させなければならない重要なものだった。

第二章

「おはようございます、奥様。改めまして、私エルマン・ラクールと申します。どうぞ、エルマンとお呼びください」

「おはよう、エルマン。お忙しいでしょうに、城内の案内などお願いしてごめんなさいね」

「奥様のお世話は、ジュスト様から申し付かっておりますので」

「そう。それならよかったわ。あなたが陛下に怒られてしまっては申し訳ないもの」

お互い笑顔で会話しながらも、腹の探りあいをしている。

ルチアはエルマンの――ジュストたちの真意が知りたかった。

歓迎されていないことも警戒されていることも、昨日の時点でわかってはいたが、嫌われているわけでも敵意を向けられているわけでもない。

それは昨夜から今朝にかけての王城に仕える使用人たちの態度でわかった。

「昨夜はよく眠れましたか?」

「――ええ。ぐっすりと。心地よく過ごせるようにお部屋を整えてくださって、感謝しております」

「それはよかった」

あえて部屋のことには触れないでおこうとルチアは配慮したが、エルマンはかまわないらしい。

傍に控えているマノンの苛立ちには気づきつつ、ルチアは気にしていないといった様子でお礼さえ口にした。

その態度に、エルマンは満足げに微笑《ほほえ》む。

（どうやら試されているみたいね。これで不満を言えば〝わがままな悪女〟になっていたのかしら）

ルチアも実のところ苛立ってはいたが、前世の『社会人スキル・必殺スルー』を使って微笑み返した。

エルマンは嫌味な上司だとでも思えば大したことはない。

派遣社員だった前世のルチアは、三年ごとにいろいろな部署を転々としていた。

その際、たいていは女性社員に『今度の子は使えるのかしら？』といったように試されることが多かったのだ。

とはいえ、あまり〝出来る〟と今度は煙たがられる。

男性社員と仲良くなれば、あれこれと陰口を叩かれるので、ある程度の距離は必要だった。

（そんなもの気にせず、もっと男性上司に媚でも売れば、正社員にしてもらえたのかな……。って、今はそんなことどうでもよくて）

笑顔でにこにこしながらも自己主張せず目立たずいれば、それなりに生きていけた。

それでも本当は物語のように主役になりたかった。せめて誰かの一番になりたかった。

そんな前世の後悔を引きずって、今世では主役になれるんじゃないかと頑張った結果が、婚約破棄からの勘当も同然で家族に捨てられてしまったのだ。

（もう地味でいいわ。普通に生きられれば）

悪魔だと噂のジュストもエルマンたちも、実際に会って話をすれば普通の人間でしかない。

内政改革をしようとしたルチアが貴族たちにとって〝悪女〟だったように、ジュストたちも反乱を目論んだ者たちにとって〝悪魔〟だったのだろう。

（でも、それはそれとして、陛下がいい夫になるかどうかは別問題よね。まあ、期待しないでおくわ）

この王城内の造りは祖国のそれと違って、守りに徹しているようだ。

エルマンの案内は簡単なものだったので、ルチアは必死に頭に入れながらもついジュストのことを考えていた。

「それでは、私はこれで失礼します」

「ええ。ありがとう、エルマン」

王城の歴史的背景も知りたかったが、忙しいだろうエルマンに説明を求めるより調べたほうがいい。

そこで図書室の本を何冊か借りることにして、王城探検も終わりにした。

図書室はこれからも自由に出入りしていいらしい。

それだけでもこの王城探検には意味があった。

このバランド王国については、隣国ということもあり学んではいたが、外からと内からでは捉え方も違う。

ここ十年ほど続いた内乱についても、もっと詳しい実情が知ることができるだろうと、ルチアは期待して部屋に戻った。

「――ルチア様、なぜあのような無礼をお許しになるのですか？」

部屋に入った途端、マノンが不満そうに口を開いた。

エルマンの少々横柄な態度をずっと我慢していたのだろう。

「それほど悪くなかったわよ」

「悪いですよ！　ルチア様は王妃様なのですよ？　それなのに奥様だなんて――」

「違うわ」

「ルチア様？」

いつもはマノンの言葉を遮ったりしないルチアに戸惑ったようだ。

マノンは訝《いぶか》しげにルチアを見つめた。

「私は確かにこのバランド王国の王であるジュスト様と結婚したけれど、王妃の位をいただいたわけではないのよ。それは陛下からいただくものでしょう?」

「ですが……」

この国の風習に詳しいわけではないので、本当は王妃の位を王から授けられるのかどうかは知らない。

ただこの部屋やエルマンの呼び方から、自分が王妃として認められていないのだということだけは察していた。

「そんなことよりも、みんなはどう? ここでちゃんとやっていけそうかしら?」

わかってはいても、やはりこの国でも自分の価値がないことを考えたくなくて、ルチアは話を逸らした。

「それは……はい。後で改めて皆から話は聞きますが、今のところ問題ないようです」

「そう。よかったわ。たぶん、不満や疑問点はいくつか出てくるでしょうけれど、意地悪をされるなんてことがないのなら、しばらくはここのやり方に従ってね」

「はい、承知しております。えっと……〝郷に入っては郷に従え〟でしたね?」

「その通りよ。たとえ要領の悪い手順だと思っても、何かしらの理由があることだってあるし、様子見は必要だものね。それに、私たちが学ぶことだって多いはずだわ」

壁際に据えられた本棚の空いたスペースに借りてきた本を置くと、マノンからも本を受け取る。

どの本から読むかは後で考えるとして、今は別の侍女が用意してくれたお茶を飲むために座った。

マノンが口にした言葉はこちらの世界には本来ない。

それでもこの輿入れの道中で何度もマノンたちに言って聞かせていたので覚えたようだ。

ルチアが嫌われているとまではいかなくても噂のせいで警戒されていることは予想できた。

そのため、せめてマノンたち使用人は受け入れてもらえるようにと教えていたのだ。

たとえ正しいことでも、新参者に指摘されればたいていの人は気分を悪くする。

できるだけ新しい部署に馴染《なじ》み、それからゆっくり相手を見て効率化を図っていくのが、人間関係を円滑に進める極意だと前世で学んだ。

(世の中には、そんな気遣いも必要ないコミュ力おばけもいるけどね)

それは例外だ。そして、そんな人物は得てして人生の主役である。

ルチアは彼ら、彼女らを引き立てるためのモブでしかない。

前世でどんな死に方をしたのかは覚えていないが、どうせ劇的でもなく最期まで地味だったのだろう。

(ひとまずマノンたちは大丈夫そうだし、あとは私がこのまま地味に暮らせれば、それでいいわ)

この国に来て、新しい生活が始まってまだたったの一日でしかないが、ルチアは現状に満足していた。

この先も出しゃばらず目立たずにいればいいのだ。

いつかジュストが愛する人と結婚したいと思ったときに、暮らしの面で保障してもらえるよう邪魔しないようにしよう。

そうルチアは達観して、借りてきた本を手に取った。

＊　＊　＊

それから九日間は何事もなく過ぎた。

運動不足解消のために朝夕の城内の散歩は欠かさなかったが、それ以外に余計なことはしていない。

あえて言うなら、散歩途中で出会った使用人たちには必ず声をかけたことだろう。

相手が怯えていない場合（噂のせいか怯えられることもある）は、少し話をしたりもした。

あまり突っ込んだ内容ではなく、天気や体調についてなどだ。

あれからエルマンとは話をしておらず、もうひとりのジュストの腹心の部下であるシメオンは姿さえ見かけていない。

はっきり言えば、ルチアは放置されていた。

だが、それでいい。

(何かしないとっていう気負いもないし、美味しいご飯を食べて本を読んでのんびり過ごせるなんて、ここは天国かな)

などと、仮初めの自由を満喫してはいたが、実のところはうずうずしていた。

どうやらこの城は人手不足らしく、掃除が行き届いていないところが目に付くのだ。

はじめはルチアに与えられた客間の掃除がされていないと憤っていたマノンも、それを察したらしい。

ルチアの部屋だけは掃除道具を借りてきて隅々まで磨き上げてくれた。

「ねえ、マノン。このお城で働く人たちって、足りていないのかしら?」

「必要最小限ですね。どうやら内乱で荒れてしまった土地の整備などに人手を割いているようです。なので、私たちも重宝されています」

「それはよかったわ」

ルチアに従ってついてきてくれた十五人は、お城で何かしらの仕事を見つけて働いてくれるように頼んでいた。

元からルチアはそれほど使用人を必要としていないのだ。

そのため、普段はマノンだけで事足りる。

皆が楽しそうに働いているのは見かけていたので、それぞれがこの城で居場所を見つけられたのならとルチアは安堵した。

また、王城のことよりも土地の復興に力を入れていると知って嬉しくなった。

きっとこれならルチアの持参金も、有意義に使われるだろう。

（でも、内乱が十年ほど続いたせいか、畑もかなり荒れていたわよね……）

輿入れの道中で見た景色を思い出し、ルチアは心配になった。

戦がなかった場所でも休耕地が多かったのは、働き手が兵として駆り出されたからだ。

たとえ戦が終わって家に帰れても、長い間放置されていた畑を元に戻すには大変な労力がいる。

（そもそも、種籾《たねもみ》があるかよね……）

穀物を育てるには当然種を蒔かなければならないが、そのためには収穫の一部を種籾として残しておくのだ。

収穫が少なければ、種籾として残しておくことは厳しくなる。

悪循環に陥らないためにも、国や領主が蓄えておかなければならないのだが、果たしてこの国にそれだけの余裕があったかは怪しい。

（昨年はどこの国もまずまずの収穫量だったはずだから、種籾を買いつけることは可能よね）

十年続いた内乱のせいで、商人たちがこの国にあまり寄りつかなくなっていたのは知っていた。

噂では癒着しているとされる馴染みの商人のカルロから聞いていたのだ。

（カルロは……メント商会は大丈夫かしら）

ルチアが糾弾されたとき、メント商会の名前も挙がっていた。

その後、ショーンティ公爵家はメント商会との取引を停止すると父親と兄が言っていたのは聞いたが、他の取引にも影響していては申し訳なかった。

メント商会のカルロとは、ルチアが前世の記憶を取り戻してからこの世界のことを懸命に学び直し、取引するに値する業者を精査していたときに出会ったのだ。

ルチアの方針である〝良い品を適正価格で〟に合致したのがメント商会である。

賄賂を嫌い、値切ることもせず、市場に流すときに必要以上の粗利を出さないように望むルチアに、カルロは賛同してくれ、ショーンティ公爵領での商売を許した。

その頃は父親も兄も物流は代理人に任せていたので、ルチアが口を出すようになっても興味なかったようだ。

その後、メント商会の評判は上がり、ショーンティ公爵領での市場は王都から近いこともあってかなり賑わうようになった。

また他の商人たちもショーンティ公爵領で商売をしたがったが、ルチアが方針を変えることはなかったので、ショーンティ公爵領内で店を出せるのは一種のステータスにもなっていた。

そうなると面白くないのが、粗悪な品を扱い暴利を貪《むさぼ》る商人や、彼らから賄賂を受け取っていた他領地の貴族たちである。

公爵家の利益が増して喜んでいた父親や兄は、王太子の婚約者であったルチアの評価を上げるためにも、ルチアの優秀さを吹聴していたため、いつしかルチアが貴族たちから恨みを買うようになっていた。

（そのことに気づかなかったのは、私の落ち度よね。それにしても……）

ルチアの立場が悪くなったとき、父親と兄は庇ってくれることもなくさっさと見捨てたのだ。

この国への輿入れの出発の際にも、見送ってくれることもなかったことを思い出す。

部屋へ別れの挨拶にいったときでさえ、おざなりだったことに傷ついたことを隠して、ルチアは笑顔で出発したのだった。

「――ルチア様、大変でございます！」

考えに耽《ふけ》っていたルチアは、マノンの焦った声で我に返った。

マノンは珍しくおろおろしており、ルチアは首を傾げる。

「どうしたの、マノン？」

「それが、もうすぐお帰りになるそうです！」

「……ひょっとして、陛下が？」

「さようでございます！」

「もうすぐって、いつ⁉」

出かけたら、もちろん帰ってくるだろう。

それなのにジュストがいつ帰ってくるか確認していなかった自分の馬鹿さ加減にルチアは舌打ちした。

「城壁の歩哨《ほしょう》がお姿を確認したそうですから、本当にもうすぐです！」

「大変！　お出迎えを――この姿で大丈夫⁉」

見送りのときの醜態を思い出し、ルチアは自分の姿を見下ろした。

いつも通り装飾の少ないドレスである。

髪も軽く結っただけ。

「もうお召し替えのお時間はありませんから、御髪だけでも整えましょう」

「わかったわ。お願い」

ルチアが鏡の前に座った途端、城内に歓声が響く。

おそらく城門にジュストたちが入ってきたのだろう。

他の侍女たちも急いでルチアの元に戻ってきて、マノンの手伝いを始める。

そのおかげで、ジュストたちが到着する前にルチアは出迎えに間に合った。

階段を駆け下りたのでマノンを置き去りにしたし、息も切れていたが。

「エルマン、陛下のお帰りの時間がわかっていたのなら、前もって教えてほしかったわ」

「正確な時間はわかりませんでしたので。申し訳ございません」

「……謝る必要はないわ」

エルマンの嫌がらせというよりは、興味を示さなかったルチアが悪いのだ。

たとえ妻として求められていなくても、役目はきちんと果たしたかった。

ルチアが呼吸を整えたとき、ジュストが前庭を通り抜けて正扉前に到着した。

出発時と違って鎧をまとっていないことから、今回の視察が上首尾だったことがわかる。

結婚式のときよりは簡素な黒い軍服姿のジュストは精悍《せいかん》で、見惚れていたルチアは目が合うと頬を染めた。

ジュストはルチアに気づいて軽く眉を上げた以外に反応はなく、颯爽と馬から降りると、待ちかまえていた者に手綱を渡した。

「ご無事でのお戻り、心よりお待ちしておりました」

「ああ……」

数歩前へと進み出てルチアが挨拶すると、ジュストは低い声で答えた。

これは出しゃばっていないはず、とルチアは内心で緊張しながら、さらに妻らしく振る舞おうとしたそのとき――。

「ジュスト様、手を貸してくださいませんか?」

ざわつく前庭にも通る美しい声が後方で止まった馬車から聞こえた。

ルチアがそちらに視線を向けるのと同時に、ジュストも振り返る。

そしてルチアに背を向けて、馬車へと向かった。

「どうやら、メラニア嬢も共にいらしたようですね」

「メラニア……？」

「アーキレイ伯爵のご令嬢です」

「そうですか……」

エルマンの口調からは、メラニアが来ることを知らなかったのか、一緒に来ると予想していなかったのかはわからなかった。

ジュストに手を借りて馬車から降りてきたのは、柔らかな雰囲気をまとった可憐な女性。

ルチアでさえ守ってあげたくなるような儚さがある。

（私とは大違いね……）

ほんの十日前の状況を思い出し、ルチアは自分をひっそり嘲笑った。

舐められないようにと必要以上に着飾って派手な登場をしたことを思えば恥ずかしくなる。

翌朝には髪も結わずに窓から身を乗り出し大声を出したのだ。

彼女なら絶対にしないだろうことは、初対面でもわかった。

（結婚式の翌朝早々に花嫁を置いて出かけ、帰ってきたときは女性同伴とか……）

今回の視察がどれほど大切なものだったのかは十分に理解した。

自分がペットボトルのキャップについているようなオマケだということも十分に理解した。

追いついてきたマノンが「まあ！」と声をあげたが、気にしていないというふうに微笑むこともできた。

それからは、前世で培った笑顔を貼りつけて、どうにかその場をやり過ごすことに集中したのだった。

＊＊＊

「驚きました。まさかメラニア嬢とご一緒に帰還されるとは」

「どうしてもと聞かなかったんだ。あとで来る伯爵のために準備しておきたい、と」

「ああ、なるほど。伯爵をここまで引っ張り出せるなら仕方ないでしょうが、せめて先に連絡はほしかったですね」

ジュストたちの帰還後、雑務を終わらせた四人はまた遊戯室に集まっていた。

今日は皆が疲れているだろうということで、夕食は各部屋でとることにしている。

だが四人は遊戯室に食事を運ばせていた。

それもよくあることなので、使用人たちは驚きもしない。

「驚いたのは僕もだよ。まさか奥方とエルマンが並んで出迎えてくれるなんてね。閉じ込めておくんじゃなかったの？」

エルマンの苦情にはかまわず、ニコルは逆に責めるように問いかけた。

いつもと変わらないニコルらしい質問を三人とも流し、ルチアの話題が出たことで今度はジュストが問いかける。

「彼女に何か問題は？」

「今のところは特にありませんね。部屋への不満もなく……ああ、掃除が行き届いていないと侍女から申し出があり、掃除道具を貸したそうです。それ以外にはジュスト様が出発された後、城内を見て回りたいとありましたので、私が案内いたしました」

「地下牢に？」

「ニコル、お前の冗談は面白くない」

エルマンが答えると、ニコルが茶化す。

そこでようやくシメオンが口を開いて窘めた。

「何だよ、シメオン。なら、お前から見て奥方はどうだった？」

「見ていない」

「は？」

「一度も見かけていない」

「そうなの？」

表情も変えずに淡々と答えるシメオンにこれ以上訊《き》いても無駄だと悟って、ニコルはエルマンに答えを求めた。

　エルマンは頷いて答える。

「シメオンは基本的に兵舎か鍛錬場にいますからね。奥様に出会う機会は少ないでしょう。ですが、奥様は朝夕、庭や城内を散策されておられましたから、政務官や使用人たちは顔を合わせていましたよ」

「ふんふん、それで？」

「奥様は下男下女にまで、会えば労いのお声をかけておられました」

「それっていい感じじゃない？　やっぱりあの〝悪女〟とかって噂も嘘っぽいなあ」

「そうでしょうか？　噂では、政務官たちを丸め込んで国政を思いのままにしようとした、とありましたから、やはり政務官たちから懐柔しようとしているのかもしれませんよ？」

「エルマンって考えすぎじゃない？　そのうちハゲるよ？」

「ニコルは能天気すぎるんです。そのうち痛い目を見ますよ？」

　四人いるのに会話はエルマンとニコルのふたりで進んでいく。

　これもいつもと変わらないやり取りで、話が逸れてくるとジュストが口を挟む。

「散策以外では何をしているかわかっているのか？」

「おそらく、本を読んでいるのではないかと思います。城内を案内したとき、特に図書室に関心を示しておられましたし、毎日の散策でも本を手に図書室に寄っておられます。管理官に訊いたところ、毎日二冊は読んでおられるとか」

「内容は？」

「この国の歴史や産業などが主ですね」

「って、ことは、奥方はこの国について一生懸命勉強しているんだ。すごいね」

「この国の弱点を探しているのかもしれませんよ？」

「だーかーらー！　そんなに偏狭な見方しなくてもいいだろ？」

「他国から来た人間を簡単に信用するほうがどうかしています」

またエルマンとニコルのやり取りになったが、今度はシメオンが割り込んだ。

「とりあえず、使用人たちの間では奥方は好感を持たれ始めているらしい」

「そうなの？」

「連れてきた使用人たちが、城内の仕事を率先して手伝っているから」

「そっかー。そうだよね。ここ、人手不足だもん。そりゃ、働き手が増えたら嬉しいよね」

なぜかニコルはニコニコしている。

ルチアを花嫁として迎えることを一番反対していたはずなのにと、三人は訝しげにニコルを見た。

ニコルはそんな三人の疑問を察したらしい。

「僕、メラニア嬢が嫌いだから」

「どういう理論ですか、それは？」

「ええ？　だって、奥方との縁談が持ち上がらなければ、ジュスト様はメラニア嬢との結婚も考えていたでしょう？」

ニコニコしてエルマンに答えながらも、ニコルの笑顔が表面上だけのものに変わったと三人はすぐに気づいた。

ジュストは言い逃れできないと――するつもりもないが、小さく息を吐いて頷く。

「アーキレイ伯爵を味方にするには手っ取り早いからな」

「でもしなかったのは、リスクもあるからですよね？　アーキレイ伯爵の腹の内が読めないんですから。だから僕、考えたんですよね」

「あなたが考えるとろくなことにならないんですけどね、いつも」

「そんなことないよ。いつだって僕の考えは上手くいったじゃないか」

「その尻ぬぐいにジュスト様やシメオンが苦労していましたよ」

エルマンが呆れたように言うと、シメオンが無言で何度も頷いている。

戦場でニコルが「いい考えを思いついた」と言っては突っ走ることがよくあった。

そのフォローをジュストとシメオンがいつもさせられていたのだ。

ちなみに、エルマンは実戦向きではない。

「とにかく！　内部に裏切り者がいるよりは、外部の敵を相手にするほうが楽じゃない？　それなら、今のままジュスト様には結婚を続けてもらうほうがいいじゃないですか。それに、あの見送りのときの奥方は僕、好きだなあ。今日の出迎えだって、いい感じじゃなかった？」

相変わらずニコルの語彙力に問題はあるが、言いたいことは三人ともわかった。

ただ、疑問がまだひとつ残る。

「それはそれとして、なぜメラニア嬢が嫌いなのですか？」

「う～ん……何となく？」

「何ですか、それは」

ニコルの曖昧な言葉に突っ込みながらも、エルマンは笑っていた。

何だかんだでふたりは仲が良いのだ。

ジュストもかすかに微笑みながら、シメオンも含めて大切な部下三人を見渡した。

「ニコルの意見は別にしても、私はすでに結婚したのだから、メラニア嬢のことはアーキレイ伯爵の娘として、礼を欠かないようにするだけだ」

「もちろんです。ニコルも、態度に出さないよう気をつけてくださいよ」

「わかってるって」

ジュストの言葉にエルマンは同意して頷き、ニコルも軽く答えた。

シメオンは黙ったまま首肯する。

こうして数日ぶりに集まった四人の話し合いはただの雑談へと移り、主君と臣下ではなくただの幼馴染としての時間を過ごしたのだった。

第三章

「おはようございます、奥様」

「おはよう、テッサ。今日もいいお天気ね」

「ええ、ありがたいことです」

ルチアはいつも通り、朝の散策代わりに図書室に向かっていた。

そこで声をかけられて、足を止める。

最近は使用人のほうから声をかけてくれることもあり、ルチアはにこやかに答えると、また進み始めた。

ところが、突然角から出てきた人物とぶつかってしまった。

「きゃあっ！」

「――ごめんなさい。大丈夫かしら？」

ルチアも勢いによろめいたが、相手は転んでしまった。

慌てて謝罪の言葉を口にして様子を窺《うかが》う。

頭を打ったりしていては急に動かさないほうがいいからだ。

しかし、相手は座り込んで床に手をついた状態だったので、大丈夫そうだと安堵して手を差し出した。

「お怪我はないかしら？」

「お気遣い、ありがとうございます」

ルチアの問いかけに微笑んで答えながらも、相手——メラニアは侍女の手を借りて立ち上がった。

気まずく思いながらもルチアは差し出した手を引っ込める。

昨日も思ったが、メラニアはとても愛くるしい女性だった。

ふわふわの金色の巻き毛に小さな顔に大きな目。背も小さくて庇護欲をかき立てられる。

（ポメラニアンみたいに可愛い……）

彼女を見ていると、ルチアは野性の猪にでもなった気分だった。

メラニアは支えていた侍女から離れると、ルチアに向けて頭を下げた。

「申し訳ございません！　私が進路のお邪魔をしてしまったばっかりに……」

震えながら謝罪するメラニアを、行き交う人たちも何事かとちらりと見ていく。

ルチアは同情するその視線から、自分の噂を思い出した。

ここ数日ですっかり忘れていたが、自分は悪女なのだ。

きっとメラニアも噂を信じているのだろう。

「私は大丈夫よ」

にっこり笑ってみせると、メラニアはほっとしたようでほんのり笑った。

それだけでルチアの胸がキュンとなる。

可愛いもの（人）が好きなのは、前世も今世も共通なのだ。

「昨日はきちんとご挨拶できずに、すみませんでした。どうか私のことは、メラニアと呼んでください」

「ありがとう。では、メラニア様と――」

「私はルチア様と呼ばせていただきますね！　これからよろしくお願いします」

「え、ええ……」

たった今までのしおらしい態度から一変したメラニアに、ルチアは戸惑った。

あっという間にお互い名前で呼び合うことに決まってしまったのだ。

そこでようやくルチアはメラニアの真意に気づいた。

（なるほど。私のことを陛下の妻だって認めたくないわけね。すごいわ）

もうすでに女の戦いは始まっていた。

昨日の馬車から降りるときといい、先ほどのぶつかってからの注目を浴びるように謝罪したことといい、ルチアとジュストとの結婚を邪魔する気なのだろう。

しかし、ルチアはその戦いに加わるつもりはなかった。

「今夜は私を歓迎してくださるために、晩餐会を開いてくださるそうですね。ルチア様はドレスをもうお決めになっているんですか？」

「……ええ」

ルチアの簡素なドレスをちらりと見るメラニアの顔に、馬鹿にした感情が浮かぶ。

今朝伝えられたばかりの晩餐会の名目は特に聞いていなかったが、ルチアではなくメラニアを歓迎するためのものと知ってショックを受けていた。

そんなルチアに、メラニアは無邪気な笑顔で追い打ちをかける。

「では、今晩はどのようなドレスをお召しになるんですか？　ルチア様の髪色は個性的ですから、ドレスのお色はどうされるのか知りたくて……」

ルチアは自分の髪色がコンプレックスだった。

せっかく転生したのに、美しい金髪でも珍しい銀髪でもなく、気性が激しいと言われる赤髪に近いのだ。

よくジョバンニにも嫌味を言われていた。

それでもルチアは堂々と微笑んだ。

「紫紺のドレスにするつもりよ」

「そうなんですね！　赤と紫は相性がいいですものね！　きっとお似合いになりますわ！」

「ありがとう。では、私はこれで失礼するわ」

「あ！　お引き止めしてしまい、申し訳ありませんでした！」

また大げさに頭を下げて、メラニアは注目を集める。

だが、ルチアはもう気にすることなくその場から離れた。

傍にいるマノンは人目があるせいか何も言わないが、不満が爆発しそうなのはわかる。

「マノン、大丈夫よ。私は気にしていないから」

「しかし……」

「私はね、無駄な戦いはしないことにしたの。平穏に暮らせればそれでいいわ」

「ルチア様……」

祖国での苦労を知っているマノンは悔しそうな悲しそうな表情で黙り込んでしまった。

マノンを悲しませることは望んでいないが、ルチアの本音なのだ。

最悪の場合、母の遺産を頼りにどこかでひっそり暮らしてもいいと思っている。

だから本当なら、メラニアには自分と張り合わなくていいのだと伝えたいくらいだった。

（まあ、マノンたちが大丈夫だってわかるまでは、頑張るけどね）

そう思っていたルチアだが、まさか正面からメラニアにケンカを売られるとは思っていなかった。

メラニアは晩餐会のドレスの色をルチアと被せてきたのだ。

ルチアのネックラインが大きく開いた紫紺のドレスに対し、メラニアはレースをふんだんに使って繊細さを演出した紫のドレスで淡い金色の髪をハーフアップにしている。

同じ紫のドレスでも美しいがきついルチアの印象とは違ってメラニアは柔らかく可愛らしく、ふたりの対比は明らかだった。

（はっはーん。マジでやる気なのね？）

ルチアは怒りよりも楽しくなってきていた。

席次は慣例通り、長卓に主催者側であるジュストとルチアが向かい合わせに座り、ジュストの隣にメラニアが、反対側にはエルマンが座っていた。

ルチアの隣にはニコルとシメオンである。

エルマンは午前中のことを耳にしているのか、状況に気づいて興味深げにふたりを観察していた。

そんな微妙な空気の中、晩餐会は始まったのだった。

「――ジュスト様、今日は私のためにこのような晩餐の席を設けてくださり、ありがとうございます」

「いや……」

メラニアのためというより礼儀上そうしただけだが、否定するのもマナー違反かと、ジュストは言及しなかった。

ただ、花嫁のためには何もしていないことが気まずくなってちらりと視線を向けると、ルチアは特に気にした様子もなくニコルと楽しそうに会話していた。

しかし、ジュストの視線に気づいたのか目線を向け、ふっと微笑む。

その飾り気のない笑みに、ジュストの胸がどきりとした。

「ジュスト様！　父が四日後には到着するって、お聞きになりましたか？」

「ああ、連絡をいただいている」

「そうですか。よかったあ」

注意を引こうとするメラニアに視線を戻したジュストは、何事もなかったように答えた。

登城することをのらりくらりとかわしていたアーキレイ伯爵がいよいよやってくるのだ。

面倒ではあったが、先に娘のメラニアだけでも連れて戻って正解だったのだろう。

ジュストが王として御する王城にアーキレイ伯爵が参じるというだけで、国内に未だ燻《くす》ぶる反乱分子たちもある程度はおとなしくなることが予想された。

（ようやくこれで、国内の復興に力を注げるな……）

十年ほど前に始まった内乱は、最初は地方領主たちの境界を巡る小競り合いが発端だった。

そのとき、ジュストの父である先王が然るべき態度で対処していれば、このような大きな争乱にはならなかっただろう。

だが、よく言えば優しい、悪く言えば気弱で優柔不断な先王は、領主同士の争いだからと介入することをせずに放置したのだ。

そこから中央に利権が集中していた地方領主たちの不満が爆発した。

それなら好きにしていいのかと、中央の方針を歪曲して捉えた領主たちが好き勝手に振る舞い、次第に王へと刃を向ける者まで出てきたのだった。

（それでも、あの時点でもっと強固な姿勢を取ればここまで長引かなかっただろうに……）

ジュストは過去を思い出し、後悔のため息をのみ込んだ。

怯えた先王は病を理由に寝所に引きこもり、政務さえ放棄したのだ。

それに焦れたジュストが王太子の権限で政務を担うようになったが、当時まだ十代だったためか、臣下たちは素直に従わなかった。

それどころか貴族たちはおもむろに反意を示すようになり、ジュストは強行策に——剣でもって従わせることになったのだった。

「——でね、ジュスト様。……ジュスト様？」

「すまない、何だって？」

過去の出来事に囚われていたジュストの腕に、メラニアが手を置いた。

その馴れ馴れしさに驚きはしたが、話を聞いていなかったのはジュストのほうだ。

謝罪の言葉に唇を尖らせるメラニアは子どもっぽく、ジュストは思わず微笑んだ。

メラニアとの結婚を考えていたことが、今では信じられなかった。

「もう！　大切な事なのですから、ちゃんと聞いてくださいい。でも、ジュスト様でもぼうっとされることもあるんですね」

「そうだな。それで、何の話だったか？」

ルチアは目の前で繰り広げられる（名目上の）夫と（一応の）恋敵の親密な様子を見せつけられて興奮していた。――なぜなら、顔がいいから。

（陛下も他の三人も、初対面のときから思ってたけど、かっこよすぎるわね。その顔面偏差値で軍服姿って、乙女のハートを確実に射止めにきてるとしか思えないわ。それに、メラニア様も性格はともかく可愛いし、この中にいるのが申し訳ないんですけど）

などと考えながらも、涼しい顔をしてニコルとの会話を進める。

ニコルは可愛い系イケメンで人懐っこく、ルチアも気さくに話すことができた。

とはいえ、会話内容の王城七不思議については、怖いのでどうにか話を逸らす。

「――ねえ、ルチア様？」

「はい？」

ルチアが怖がっていることを知られず話題を無事に変えられて安堵していると、いきなりメラニアから話を振られて驚いた。

だがメラニアにとって、ルチアの反応はどうでもいいらしい。

「父は綺麗好きですから、やはりもっときちんとここを掃除なさるべきです。城の管理は女主人の仕事ですもの。見たところ、使用人が足りないようですから、もしよろしければ伯爵家から何人かお貸ししましょうか？」

掃除についてはルチアも来たときから気になっていたことだ。

ただ出しゃばってはダメだと、うずうずしながらも我慢していた。

それをメラニアはまるでルチアの怠慢だとでもいうようにこの場で口にしたのだ。

（すごーい。なんて巧妙な言い回し。「私が女主人になりましょうか？」って聞こえるわ）

ルチアは感心してにっこり微笑んだ。

その笑みには何の悪心もないせいか余裕が見える。

「メラニア様、お気遣いありがとうございます。ですが、この城の者たちは皆勤勉ですから、伯爵家からお人をお借りしなくても大丈夫ですわ」

「でも、四日後までにお城の壁までお掃除するのは大変でしょう？　高所の作業となると、危険も増しますし……。もっと早くからお掃除なさっていればよかったのに。ですから、父に使用人を貸してもらえるようにはじめからお願いしておけば、掃除が行き届いていなくても理解してくれますわ」

これは受けるべきかと悩んだが、ジュストやエルマンの表情からは、何が正しいのか読み取れなかった。

しかし、ニコルは明らかに嫌がっている。

そんなに顔に出していいものかと思いながら、ルチアは改めて断りのために首を横に振った。

「メラニア様、ご心配には及びません。私の力不足は否めませんが、四日後までには伯爵にご満足いただけるよう努めます。きっと伯爵をお迎えするために城の者たちも喜んで働いてくれるでしょう」

「そうですか？　では、四日後を楽しみにしていますね」

ルチアにとってメラニアの嫌味はどうでもよかったが、この機会に城の掃除ができるのならやりたかった。

ジュストやエルマンもすぐにメラニアの提案に同意しなかったのだから、きっと許してくれるだろう。

少なくともニコルは味方になってくれる。

そう考えたルチアに、ニコルが耳打ちをした。

「大丈夫なの？　この城は無駄に広いよ？」

「ですが、伯爵が利用される場所は限られているでしょう？　まさか使用人たちの作業場にまで入らないと思いますわ」

「それもそうだね」

ルチアが答えると、ニコルが楽しそうに笑った。

そうしているうちに食事が終わり、憂鬱だが別室に移ってメラニアとふたりきりでお茶を飲まなければならない時間になった。

ところが、メラニアは立ち上がると、よろめいてジュストにもたれかかる。

「大丈夫か？」

「申し訳ございません、ジュスト様。今朝、転んでしまったときに足を捻ってしまったみたいで……」

メラニアはジュストに支えられながら問われ、弱々しく答えてちらりとルチアを見た。

どうやら午前中にぶつかったときのことらしい。

あのときは大丈夫だと言って、しっかり両足で立っていた。

このままルチアのせいだと皆に思わせるつもりかもしれないと、先手を打つ。

「まあ、メラニア様。ひょっとして、私とぶつかってしまったときにお怪我をなされたのかしら？　ごめんなさいね。メラニア様が急に飛び出していらっしゃるから、避けきれなくて……。よほど急いでいらしたのね。メラニア様はとても華奢でいらっしゃるから、転んでしまわれたんだもの。後になって痛むこともあると気づくべきでしたね。すぐにでも医師をお呼びしましょうか？」

「いいえ、大丈夫ですわ。でもお茶はご遠慮しておきます」

「そうですか。では、お部屋まで誰かに付き添ってもらったほうがよろしいわね？」

「ええ……」

ルチアが大げさに心配しながら今朝の経緯を説明するように言うと、メラニアは頼りなげに微笑んでジュストを見上げた。

どうやらジュストに部屋まで送ってもらいたいらしい。

だがジュストは控えていた従僕を呼び、メラニアとはその場でお休みの挨拶をする。

不満そうなメラニアを見送ってから、ルチアも同じようにお休みの挨拶をして部屋へと戻っていったのだった。

＊＊＊

「今夜は奥様とかなり話が盛り上がっていたようですね、ニコル」

いつものように集まった遊戯室で、エルマンが酒を酌みながらニコルに問いかけた。

するとニコルはにっこり笑って頷く。

「うん。すごく楽しかったよ」

「どんな話をしていたんです？」

「いろいろだよ」

四人とも酒の入ったグラスを軽く持ち上げ、乾杯の仕草をする。

だがエルマンはグラスに口をつけずに、質問を続けた。

それにニコルは曖昧に答えたが、シメオンが代わりに答える。

「七不思議の話」

「七不思議？　この城の？」

シメオンの返答を聞いて、エルマンは驚き確かめた。

ニコルは思い出したのか、満面の笑みを浮かべる。

「そうそう。それもしたね。奥方は信じていないみたいだったから、幽霊が怖くないのかって訊《たず》ねたんだ。そうしたら、逆に質問されたよ」

「どんな質問ですか？」

「ええっと確か『ニコルは私の噂を聞いて怖くはなかった？　私は悪女と恐れられているのよ』って。だから『もちろん怖くなかったよ』って答えたら、『では、実際に会ってみてどう？』って訊かれたんだ」

ニコルがルチアの口調を真似て会話を再現する。

そこでようやくジュストがグラスを置いて会話に入ってきた。

「それで、『怖くない』と答えたのか？」

「はい。そうしたら、『噂とはたいていそういうものでしょう？』って言われて返す言葉もなかったですよ」

ニコルは「あはは」と笑って、グラスを口に運んだ。

そんなニコルを見て、エルマンはため息を吐いた。

「確かに、噂とはそんなものですよね」

「え～。エルマンがそれを言う？　奥方の噂を信じているのに？」

「奥様に関しましては隣国のことで確かめる時間もありませんでしたし、何より莫大な持参金が怪しさを増しておりましたので、最悪の事態を想定しただけです。それにまだあの噂がすべて嘘だったとも思っておりません」

「頑固だなあ」

策略家のエルマンは常に懐疑的に物事を考えるのだが、ジュストたち三人のことだけは信頼している。

そのため、ニコルの軽口にも文句を言いつつ、いつも受け入れていた。

「今日、私が聞いた噂は『奥様がメラニア嬢を突き飛ばした』というものでした。その後にメラニア嬢が奥様に何度も謝っていたそうですよ。ですが、先ほどの奥様の話とは食い違いがありますね」

「突き飛ばしただなんて、酷いなあ。奥方の〝悪女〟って噂からそう見えたってことかな？」

城内での出来事はすぐにエルマンの耳に入る。

情報源について三人はいつも触れないが、ジュストは珍しく気になったようだ。

「エルマン、その噂の元がどこか辿ってくれ。妻に関してはきちんと調べる時間も人員も足りなかったが、城内のことなら可能だろう？」

「かしこまりました」

ジュストの指示をエルマンが畏《かしこ》まって受けた。

わずかにその場の空気が張り詰めたが、ニコルが再び口を開いたことで弛《ゆる》む。

「ねえねえ。ところでさ、奥方は本当にこの城の掃除ができるのかな？　今の人員でさ」

「大丈夫だとおっしゃったのですから、できるのではないですか？」

「冷たいなあ。本当は助かったくせに」

「そうですね。伯爵家の者を城の内部に入り込ませるのはリスクが高いですから。とはいえ、ジュスト様がお断りすれば角が立ったでしょうね」

「ああ。あれは助かった」

ニコルが意地悪く言えば、エルマンも素直に頷いた。

しかもジュストが続いて同意する。

招待客をもてなすのは当然のことではあるが、城内の不備を指摘され、手伝いを申し出てくれたものを上手く断るのは難しかった。

だが、名目上だけでも女主人であるルチアがやんわりと断ったのでひとまずは収まったのだ。

「ニコル、もし人手が足りないようなら、お前の隊から兵たちを手伝いにやってくれ」

「わかりました。奥方は伯爵が利用する場所だけ掃除するって言ってたけど、心配だったんですよね。明日、こちらから声をかけてみます」

「ああ、頼む」

本来なら視察から帰ってきたばかりのニコルではなく、シメオンに頼むのが正解だろう。

しかし、先ほどの晩餐の席でふたりはかなり親しくなったようだったので、ニコルに頼むことにしたのだ。

ルチアもそのほうが動きやすいだろうとの判断だったが、ジュストはなぜかもやもやした。

そんなジュストにエルマンは気づいたようだ。

「前もっての調査はできませんでしたが、今からでも奥様の人となりを判断することはできますよね。いっそのこと、お部屋を移っていただきますか？　伯爵に指摘されても面倒ですから。準備が整ったとか、理由ならいくらでも作れますよ」

「でも、今さら必要ないって断られたりしてー」

「ニコルの冗談はやはり面白くない」

エルマンの言葉で、ジュストはもやもやの正体に気づいた。

ルチアに対して不当な扱いをしているからだ、と。

いつものように茶化すニコルと窘めるシメオンのやり取りを見ながら、ジュストは理由がわかったことでほっとしていた。

「だってさあ、奥方ってジュスト様のこと好きってわけじゃないでしょ。メラニア嬢がジュスト様に絡んでいたときだって、話を振られるまでまったく気にしていなかったし」

「政略結婚とはそんなものでしょう。あまり嫉妬心やら対抗心など表に出されても困ります」

「でもさ、ちゃんと見送りや出迎えはしてくれたし、さっきだって意図的かどうかは別にして、助かったんだから、もっと敬意を払ってもいいんじゃないかな」

珍しく正論を言うニコルに、エルマンは降参とばかりに両手を上げてジュストをちらりと見た。

後はジュストの決断次第だ。

「――明日にでも彼女に部屋を移ってもらおう」

「どちらのお部屋に？」

「私の隣だ。どうせ準備はできているんだろう？」

「おっしゃる通りです」

「相変わらずエルマンは抜かりがないなあ～。で、断られたらどうするんですか？」

エルマンはジュストが特に指示を出さなければ自分で判断して動くが、指示を出せばすぐに対応できるように常に準備を怠らない。

剣を振るうのは苦手でも、今まで何度も戦場で三人を助けてきたのだ。

だから結局はニコルもエルマンに従うのだが、素直ではない。

「彼女は断らない」

「え？　自惚れですか？」

「いや。そんな面倒事を起こすタイプではないのはわかっただろう？」

「まあ、そうですけどね」

ジュストが答えれば、ニコルはにっこり笑う。

シメオンもジュストに同意するように頷いており、四人のルチアへの評価はかなり変わったことが明らかになったのだった。

第四章

翌朝。

城内の掃除をするための準備に、輿入れについてきてくれた従僕たち男性使用人を集めてルチアが話をしていると、マノンが慌ててやってきた。

何事かと思えば、エルマンとニコルがやってきたというのだ。

急ぎ簡単に身支度を整え、与えられた部屋の居間へと戻る。

「おはようございます」

「ニコル、おはよう」

「奥様、このように早くからのご訪問に許可をくださり、ありがとうございます」

「大丈夫よ、エルマン。それで、どういったご用件かしら?」

ソファを勧めながら向かいに座り、ルチアは問いかけた。

笑顔を浮かべながらも内心では警戒している。

まさかとは思うが、掃除について何か言われるのかと身がまえていた。

「まずは昨夜の晩餐の席で話題に上がった城内の掃除についてですが、こちらのニコルの隊から兵を出しますので、必要人員をおっしゃってください」

エルマンの予想外の申し出に、ルチアは驚いた。

だが、これはアーキレイ伯爵の――メラニアのためでもあるのだろうと思う。

「それは、いつからでしょうか？」

「この後すぐでも大丈夫ですよ」

「ですが、兵士の方たちに掃除をしていただくのは……矜持《きょうじ》を傷つけませんか？　使用人たちの指示に従ってもらうことになるかと思うのですが？」

「あはは。そんなことで文句を言うやつがいたら、僕がぶっ殺してやるから大丈夫」

「……そうですか」

今度はニコルがニコニコしながらルチアの質問に答えた。

最近耳にしたことだが、ニコルは〝ニコニコニコル〟と呼ばれているらしい。

昨日と今と接していて本当にその通りだなと思いつつ、どこが〝悪魔〟なのだろうと思っていたところに不穏な発言を聞いて何となく察した。

（たぶん、怒らせたら一番怖いタイプだ……）

前世でもたまにいたタイプで、『触るな危険』な人物である。

ルチアは笑顔で流しつつ、ニコルの隊員たちの助けはどれだけ必要かと考えた。

「では、さっそく木の切り出しに行ってほしいのですが、大丈夫でしょうか？」

「木？　梯子でも作るの？」

「いえ、箒です」

「箒？　それなら城にもあるはずですが？」

ルチアのお願いに、ニコルだけでなくエルマンも疑問に思ったようだ。

どう説明すればいいかとルチアは悩んだが、実践したほうが早い。

今は特に時間がないのだ。

「私が説明するよりも、実際に見てもらったほうがよいでしょう。木を切り出すのが得意な方を五名ほどと、力仕事の得意な方を五名ほど。彼らには私についてきてくれた使用人たちが指示を出すことになります。それも含めて人選してください。また、荷車を三台とできれば荷車を引く馬か驢馬《ろば》をお願いします」

「うん、わかった。他には？」

「今のところは十分です」

「それだけ？」

「本当に大丈夫なのですか？」

ルチアの頼みに、ニコルは拍子抜けしている。

エルマンは疑わしげだったが、ルチアは笑顔で頷いた。

「はい。正直なところ、それほど掃除する箇所は多くないと思います。先日、エルマンに城内を案内していただきましたが、メラニア様がお使いになっている部屋や並びの部屋、廊下もすべてきちんと掃除が行き届いていましたから」

嫌味ではなく素直な感想を口にしたのだが、エルマンはかすかに頬を引きつらせた。

ルチアがいる翼棟は掃除があまり行き届いていないが、主棟とそれに続く賓客が利用するであろう棟はしっかり掃除されていた。——ちなみに、王族用のフロアは口頭で説明されただけである。

おそらく、アーキレイ伯爵をはじめから招くつもりだったのだろう。

招かれざるのはルチアだったというわけだ。

（この縁談が成立してからは、お父様が一方的に輿入れの日を決めたものね）

視察を兼ねたアーキレイ伯爵家への訪問は、先に予定されていたのだろう。

ルチアの部屋の掃除がおざなりだったのも、抗議の意味もあったのかもしれない。

（まあ、そんなことはどうでもいいのよね。重要なのは私が城内の掃除に口を出してもいいって免罪符を手に入れたことだもの）

ルチアの指示ということなら、この城の使用人も新しいやり方に従ってくれるだろう。

もし不満があっても、それはルチアに向かうのであって、マノンたちに反感を抱くことはない。

「まさか、メラニア嬢がこっちにやってくるとは思わなかったからねえ。せいぜい庭を散歩するくらいかと思ったのに」

「若いお嬢さんは好奇心が旺盛ですから」

中庭も前庭も最低限ではあるが整えられている。

メラニアがルチアを――恋敵を偵察するために翼棟へ足を踏み入れなければ、掃除が行き届いていないことには気づかなかったはず。

ニコルのぼやきにルチアが答えると、声を出して笑われてしまった。

「若いお嬢さんって、奥方もそうでしょ?」

「私はもっと好奇心旺盛なのよ」

だからこそ、実家の公爵家でもあれこれ口を出して煙たがられてしまったのだ。

この輿入れの道中でも、ほとんどの間は馬車のカーテンを開けて、外の景色を興味深く観察していた。

そのおかげで、これからの掃除に役立つ木がこの国にも――王都近くにも自生しているのを確認している。

「もしよろしければ、先に木の切り出しに向かってもらえますか? 急いだほうがいいことに間違いはありませんから。木の加工などに詳しい使用人をひとりと、勝手を知っている者をふたり同行させますので、彼らの指示に従ってください」

「じゃあ、僕はひと足お先に失礼するね、エルマン。奥方には申し訳ないけど、もう少しだけエルマンに付き合ってあげて」

「それはかまいませんが、私も少し席を外しますので、お待ちいただけますか？」

「ええ、もちろんです」

ニコルに続いてルチアが立ち上がると、エルマンも立ち上がった。

礼儀は守るのねと思いながら、マノンだけを残して部屋を出る。

掃除のために集まってくれていた使用人たちに指示するため、ルチアは隣室にニコルと共に入った。

使用人たちは突然ニコルが入ってきたことに驚いていたが、その理由を聞いてさらに驚く。

ざわつく使用人たちに向かって、ニコルは安心させるように笑顔で口を開いた。

「心配しなくても大丈夫だよ。僕の部下たちはみんなおとなしいからね。ここぞとばかりに命令してくれていいよ」

ニコニコしながらのニコルの言葉は冗談なのだろうが笑えない。

ただ、ルチアからの指示なら従おうと、指名された三人はニコルとともに出ていった。

木の切り出しが三人ですむのはありがたく、ルチアは残った者たちに準備に取りかかるようにと新たな指示を出す。

ルチアを慕ってくれているだけあって皆すぐに動き始める。

その様子にひとまず安堵して、ルチアはエルマンの待つ部屋へと戻っていった。

「――お待たせしました」

「いえ、それほど待ってはおりませんよ。それだけ、奥様の使用人は訓練されているということなのでしょうね」

「……機転が利いて自ら動いてくれる、素晴らしい人たちばかりですから」

「なるほど」

ルチアが部屋に戻って謝罪すると、エルマンは気にしていないとばかりに微笑んだ。

だが、ルチアはその言葉に何かが引っかかった。

疑いすぎなのかもしれないが、自分の噂を知っているからこそ気になってしまうのだ。

そんなルチアの気持ちを察したのか、エルマンは言葉を継いだ。

「本当に感心しているのですよ。この部屋もずいぶん綺麗になっていますね。本来なら私どもがするべきことでしたのに、お手を煩わせてしまいました。申し訳ございません」

「謝罪はけっこうですわ。この輿入れも急なことでしたから、仕方ありませんもの。それに、自分たちで掃除をしたからか、今では愛着も湧いているんですよ」

今さらエルマンは何を言っているのだろうと、ルチアは思いながら答えた。

すると、エルマンは困ったように微笑む。

「それなら、これから残念なことを申し上げなければなりませんね」

「何でしょう?」

「実は、ようやく奥様の正式なお部屋の準備が整いましたので、移っていただけるとお知らせに参ったのです」

「……お部屋はどちらに？」

「ジュスト様のお隣になります」

「そうですか……」

背後に控えているマノンの無言の怒りが伝わってくる。

バランド王国側の都合でルチアを振り回すことに腹を立てているのだろう。

先にここが仮部屋だと伝えられていれば、マノンも素直に受け取ったのだがもう遅い。

（これって、前世でもよくいたいろいろルーズな既婚者が、愛人に本気になられるのを避けるために、結婚アピールしている指輪のようなものかも……）

この部屋は悪女であるルチアを歓迎していないと示すためなのかと思っていたが、違うのかもしれない。

世間にこの結婚は政略でしかないと知らせるためだったが、本妻候補だったメラニアが失格になったため、父親のアーキレイ伯爵が到着する前に面倒事を減らしておこうとしている可能性も考えられた。

どちらにしろ、ルチアにはどうでもいいことである。

前世で習った史実でも、政略結婚していながら愛妾を持つ王は大勢いたので特に驚きもなかった。

「それでは、いつまでに部屋を移せばよいでしょうか？」

「できるだけ早く。今からでも」

「わかりました」

「ルチア様……」

「マノン、手間をかけるけれどごめんなさいね」

「それは大丈夫ですが……」

ルチアが笑顔で了承すると、マノンの不満そうな声が小さく聞こえた。

エルマンの不興を買わないためにも、ルチアはマノンが別の心配をしているのだと思わせるように言う。

もちろん、マノンなら大丈夫なのはわかっていた。

一国の王への輿入れに際して、花嫁であるルチアの荷物は驚くほど少なかったからだ。

とはいえ、解いた荷を移動させるのは労力がいる。

「エルマン、申し訳ありませんが、この部屋もしばらくは使用してもよいでしょうか？　今は掃除に人手を割きたいので、すべての荷物を移動させるのは後程にしたいのです」

「ええ。もちろん、それでかまいませんよ。ですが、数人なら私の部下から手伝いを寄こせますが？」

「……では、ひとりだけお願いします。陛下のお部屋のお隣と聞いても、どこかわかりませんので」

これくらいの嫌味は許されるだろう。――別に許してもらわなくてもいいが。

しかし、エルマンはまったく気にした様子もなく頷いた。

「それでは、私がお手伝いいたします」

「いいえ。エルマンにはまだまだ大切なお仕事があるはずです。私にかまわず、どうぞ戻ってください」

「そうですか？　では、私の秘書官の中で一番の力持ちを寄こします」

「ええ、よろしくお願いします」

そう言ってエルマンが出ていくと、マノンが怒りを爆発させた。

きっと塩を撒く習慣があれば、撒いているだろう。

「ルチア様！　どうして、あのような物言いをお許しになるのですか⁉　悪魔だか何だか知りませんが、失礼すぎます！」

「大丈夫よ、マノン。でも私のために怒ってくれて、ありがとう」

「ルチア様……」

マノンならきっと本物の悪魔相手にでも許せないことは戦うのだろう。

あの場で怒らなかったのはルチアのためなのだ。

嬉しそうに笑うルチアに、マノンは納得いかないようだ。

「エルマンに悪意はないと思うわ。ただ性格が悪いだけね」

ルチアが悪戯《いたずら》っぽく言うと、マノンは噴き出した。

この城に来てからずっと張りつめていたマノンだったが、ようやく解れてきたようだ。

「性格が悪いのも問題ではないですか」

笑いながら言うマノンに、ルチアはほっとしながら首を横に振った。

「そんなことないわ。悪意なら常に警戒していないといけないけれど、性格が悪いだけならただの意地悪ですむもの。命の心配はいらないわ」

「まさか、お命にまでかかわる危険があったのですか⁉」

「ん～。あるかな、と思っていたけれど、大丈夫みたい」

「そんな……。それならそうと、なぜおっしゃってくださらなかったのです⁉」

マノンの剣幕にルチアは押されつつも、にっこり微笑んでみせた。

せっかく警戒が解けてきたところだったのに、失敗してしまった。

ルチアは余計なことを言ってしまった後悔を隠し、あっけらかんと説明を始める。

「この結婚が明らかに持参金目当てだってことはわかっていたでしょう？　私の悪い噂があったし、陛下たちの噂もあったから、最悪の場合は結婚だけして『事故死』として片付けられてしまうこともあるんじゃないかと思っていたの」

「そんな……」

「でも、はじめこそ扱いがよくなかったけれど、今では陛下のお隣の部屋を与えてくださるってことは、私がそれなりに認められたからだと思うの。だからもう、大丈夫だと思うわ」

本当は今でも十分に危険はある。

今回はアーキレイ伯爵とメラニアに結婚はできないと示すための処置だろうが、ジュストが方針を変える可能性はいつでもあるのだ。

しかし、それを心配していてもキリがない。

(今はとにかくお掃除を頑張らないとね)

事態は思っていた以上に危険だったと知って顔色を悪くするマノンを、ルチアは抱きしめた。

マノンたちがいてくれるから、ルチアは今までもこれからも頑張れるのだ。

「心配をかけてごめんね、マノン。でもあなたのおかげで、私は強くいられるの。いつも助けてくれてありがとう」

「私は何もお役に立てておりません……」

「そんなことないわ。本当よ？　だって、これから部屋の引っ越しもあるし、お掃除だって急いでやりきらないといけないんだから。さあ、役に立ってちょうだい」

「ルチア様……」

ルチアがわざと冗談めかして言っていることに気づいて、マノンも気持ちを切り替えたようだ。

一度ぎゅっとルチアを抱きしめると、ゆっくり離れてにっこり笑った。

「それでは、まずは簡単な荷造りですね。人手が足りませんから、ルチア様も手伝ってくださいね？」

いつもはルチアが何かを手伝うと、淑女らしくないなどとマノンはお小言を言う。

そんなマノンの言葉にルチアがショックを受けたふりをして、ふたりは笑い合った。

＊　＊　＊

ショーンティ公爵家で使用人たちが掃除をする様子に大変だなと思ったのは、ルチアが十四歳のときだった。

前世を思い出したのは十二歳のときだったが、それからの二年間はそれなりに葛藤もしたのだ。

それまで何不自由なく育てられていたルチアは、前世の記憶の意味がわからず、衝撃すぎて寝込んだほどだった。

そのときのルチアには、すでにオドラン王国の王太子――ジョバンニという婚約者がいた。

二歳年上のジョバンニは少し意地悪なところもあるが、明るく元気で何より美少年だった。

少女だったルチアが好きにならないはずがない。

ジョバンニの妻としてふさわしくあろうと勉強も礼儀作法も頑張っていた。

そんなある日、将来の王太子妃として慈悲深さを示すためにと、母に連れられて孤児院に慰問に行ったのだ。

しかし、慰問のはずが馬車から降りることはなかった。

どうしてだろうと不思議に思いながら、孤児院の敷地で遊ぶ子どもたちを窓から見ていたとき。

『嫌だわ、卑しい……』

差し入れのお菓子に集まる子どもたちを見て、母が呟いたのだ。

その言葉を聞いたルチアはなぜか、とある言葉が浮かんできた。

――パンがなければ、お菓子を食べればいいじゃない。

その瞬間、ルチアの頭の中はパニックになったのだ。

様子がおかしいことに気づいた母はすぐに屋敷に戻り、医師が呼ばれた。

そのまま原因不明の高熱を出して三日寝込んだルチアは、回復した後にあの孤児院が閉鎖されたことを知った。

実際は閉鎖などと生易しいものではなく、火を放たれて焼け落ちたらしい。

怪しい病をルチアに感染させたとして、病原菌の温床とされたのだ。

それを知ったときの衝撃を思い出し、ルチアは大きく息を吐き出した。

幸いにして、怪我人も出なかったと知るまでは、生きた心地がしなかったものだ。

「それがまさか、悪女ルチア・ショーンティの極悪非道な所業のひとつになるとはねえ……」

ルチアはひとりで呟いて、新しい部屋での荷解きを再開した。

ジョバンニのことはそれなりに好きだった。

婚約者として、将来の国王となるジョバンニを支えていくつもりだった。

ただ、無邪気でいられなくなったのは寝込んだ後に意識を取り戻してからだ。

小さい頃から『冷めた子』だと言われることが多かったが、前世を思い出してからはさらに冷静でいようとしたせいか、『可愛げがない』と言われるようになっていた。

（まあ、実際に私は可愛くないものね）

今度は口に出さず考え、ルチアは首を横に振った。

当時ジョバンニはルチアを煙たがるようになっていたが、気づかないふりをしていたのだ。

子どもの頃のように、あの美しい顔で「ルチアはすごいね」ともう一度笑ってくれることを願っていた。

だからこそ、祖国の――オドラン王国のために尽力してきたことがジョバンニたちにとっては煩わしかったようだ。

この世界は前世とは違う世界で、習ってきた歴史とは違う。

しかし、同じ人間で、同じような感情を皆が持つなら、前世の歴史は蔑ろにしてはいけないと、身分格差のあるこの世界でも均衡を保っていけるようにルチアは必死に考えた。

民の暮らしが困らないように、ほんの少しでも幸せを感じられるように、生きる楽しみを持てるように。

人々から気力を奪い、絶望を植えつけ、思考も生さえも放棄させてはいけない。

もちろん、特権階級の人々の生活を脅かすつもりはなかった。

それでも反感を買ってしまったらしい。

数々の悪行を偽造され、いつの間にか〝悪女ルチア・ショーンティ〟は民の間でも知られるようになってしまっていた。

「悪女ルチア・ショーンティは悪魔とお似合い……」

この国に向かって出発するときに、沿道から聞こえた言葉。

ルチアの乗った馬車を見る民の目は不信感と安堵、しかし困惑と同情もあった。

噂が本当かどうか図りかねている者もいるのだろう。

それとも、いくら悪女でも悪魔に嫁ぐのは気の毒だと思っていたのかもしれない。

「――とはいえ、これは愚策だったわよね」

この国に到着したときに着ていた深紅のドレスを掲げて、ルチアはまた呟いた。

民にも悪く思われ自棄になっていたと、今なら思える。

舐められないようにと意地を張って、ジュストたちだけでなくこの国の民にどう思われるかまで考えていなかったのだ。

そのため、この城で迎えてくれた使用人たちにまで噂を信じさせてしまい、警戒心をさらに強めてしまったのだから。

「あら、とてもよくお似合いでしたよ？」

「悪女っぽくて？」

「いいえ。とても意思が強く凛々しいルチア様らしくて、です」

ルチアの呟きが聞こえたわけではないようだが、荷物を運びながらマノンが言う。

皮肉めかしてルチアが答えれば、マノンは立ち止まって眉を吊り上げ否定した。

その言葉に苦笑しながらルチアが問いかける。

「凛々しいって、褒め言葉なの？」

「褒めているに決まっているじゃないですか。それがルチア様の魅力なのですから。そんなこともわからない唐変木たちは放っておけばいいんですよ」

マノンがジョバンニ王太子たちのことを言っているのか、ジュストたちのことを言っているのかはわからなかった。

それでもルチアはおかしくて、声を出して笑った。

ジュストたちが唐変木でも何でも、今はとにかく城内の掃除である。

外が騒がしくなったことから、ニコルたちが戻ってきたのがわかった。
ルチアはもうひとりの侍女に後を任せ、マノンと共に外へと向かった。

第五章

城内の掃除の一番の難所は高い壁と天井である。

ここに煤《すす》や埃がたまると、はっきりとした汚れに見えなくても、どうしても薄汚れた暗い印象になるのだ。

ただ高さがある故に、足場を組むなり梯子を使うなりしなければ掃除ができない。

要するに、男手がかなり必要になるうえに、怪我をする者も多かった。

ルチアはそんな掃除の様子を公爵家で見かけ、もっと簡単にできないかと思ったのだ。

(前世では便利な掃除道具があったのになあ……)

テレビでよく見ていたコマーシャルを思い出し、同じようなものが作れないかと考えた。

そこでふと、年末に流れていたニュース番組を思い出したのだ。

(確か…… 〝煤払い〟ってあったよね……?)

大きなお寺でお坊さんたちが口を手拭いで覆い、長い竹で天井などを払っていた映像。

ずいぶん大雑把な掃除だなと思い、伝統というやつねと流し見ていたもの。

実際にやってみたらどうだろうと、ルチアは思いつき試してみたのだった。

竹に似た植物もあったことが幸いした。

（でも、筍のようなものは灰汁《あく》を抜いても食べられたものではなかったのよね……）

あのときは地獄を見た気がする。

調理人からの信じられないという視線に耐えつつ茹でた筍もどきは、口に入れてもただの竹だった。

毒でなかっただけよかったと言うほかない。

それ以来、食べ物については挑戦するのをやめた。

前世のルチアはひと通り料理はできたが、やはり別世界だと痛感した出来事である。しかもこの世界には便利な家電もないのだ。

（そう考えたら、この世界でひとり暮らしは無理だわ……）

多少の財産があるとはいっても、今世でお嬢様育ちのルチアにひとり暮らしは難しいだろう。

ジュストに捨てられたら……などと考えていたが、計画は立て直したほうがよさそうだ。

やはり出しゃばらず邪魔にならないようにしようと決意して、ルチアは埃避けの布巾を口に巻いた。

「ルチア様、何をなさっているのです？」

「え？　手伝おうと思って」

「ダメです」

「どうして？　人手は多いほうがいいでしょう？」

「ダメです」

「えー」

煤払いの前に繊細な装飾品などは部屋から運び出し、大きな家具などには覆いをしていく。

そして運び出したものは煤を払っている間にさっと磨いて、埃を掃き出した後に元に戻すのだ。

それらは担当を決めて作業するので、ルチアは装飾品磨きをしようとして、マノンに止められてしまった。

それでも手伝おうとするルチアに、マノンは容赦ない。

そんなやり取りを見て、元公爵家の使用人たちはしっかり作業しながらも笑う。

しかし、この城の使用人たちは、ルチアとマノンのやり取りに驚いていた。

どうやらルチアが噂とは違うだけでなく、貴族女性が使用人を手伝うこと自体が信じられないようだった。

「ほらほら、ルチア様はもうお部屋にお戻りになって、ゆっくりなさっていてください」

「えー」

部屋から追い出されるようにマノンに背中を押され、ルチアは子どものように唇を尖らせる。

すると、驚くことに廊下にはジュストとエルマンがいた。

「へ、陛下……」

まさか翼棟にジュストたちがやってくるとは思わず、すっかり油断していた。

慌てて姿勢を正し、表情を改めたが、ジュストの隣で笑いを堪えているエルマンの様子から、今のやり取りは見られていたらしい。

マノンも他の使用人たちも急ぎ頭を下げる。

「ああ、邪魔をしてすまない。どうか頭を上げて楽にしてくれ」

ジュストはそう言うと、おそるおそる顔を上げる使用人たちひとりひとりを見た。

使用人たちはさすがに目は伏せている。

「このたびは急なことで悪いな。人手が不足しているのも、私の落ち度だ。本当に兵たちの助けはいらないか？」

問いかけるジュストを見ながら、ルチアは沈黙していた。

これに答えるのはルチアではない。

使用人たちはこっそり顔を見合わせたが、ルチアについてきてくれた使用人たちの中でも一番の年長者である従僕が口を開いた。

「恐れ入ります、陛下。これらの作業に我々は慣れておりますので、そのお心遣いだけで十分でございます。木の切り出しを手伝っていただき、本当に助かりました。ありがとうございます」

皆が口々に感謝の言葉を述べ、再び頭を下げる。

これ以上は本当に邪魔になると思ったのか、ジュストは苦笑しながら手を振ってその場から離れた。

ジュストは皆を労いにわざわざやって来たらしい。

おそらくこれでルチアの使用人たちも、一気にジュストへの忠誠心が生まれただろう。

人心掌握術なのか、ただの素なのかはわからないが、ルチアは感心していた。

また単純に使用人たちを気にかけてくれたことも嬉しい。

思わず頰を緩めたルチアに、振り返ったジュストが声をかける。

「少しいいだろうか？」

「え？　は、はい」

ルチアはジュストの元に近づきながら、口を布巾で覆ったままだったことを思い出して慌てて外した。

その様子をエルマンは楽しげに見ている。

やはりエルマンは性格が悪い。

ルチアは別に気にしていません、とでも言うようにつんと顎を上げてジュストに向き合った。

そこでまた可愛くない自分に気づく。

「……今夜も一緒に食事をしないか？」

「今夜ですか？」

「ああ」

昨夜に続いてということもさることながら、ジュストから直接誘われたことにルチアは驚いた。

ルチアの胸は高鳴ったが、煤払いを始めたらしい葉擦れの音で現実を思い出す。

別にデートの誘いでも何でもない。きっとルチアも労おうとしてくれているのだろう。

「残念ですが、今夜は遠慮させてください。できるだけ早く部屋を整えたいのです」

「そうか……」

「お誘いくださり、ありがとうございました。またの機会を楽しみにしております。それでは、失礼いたします」

ルチアは深く頭を下げると、マノンたちの元へと戻っていった。

きっとまた手伝う、手伝わせない、と言い合いになるだろうが、いつものようにマノンが折れるだろう。

本当は、新しく与えられた部屋はもうすでに整えていた。

ルチアが断ったのは、掃除に忙しくしているマノンたちの手を煩わせたくなかったからだ。

ジュストと食事をするとなると、その前に湯あみだ何だとマノンたちは大騒ぎするはずである。——昨夜と同じように。

（それにもう期待はしたくないもの）

ジュストと過ごす時間が増えれば、好きになってしまうかもしれない。

ルチアがこの城にやってきてまだ十日余りだが、ジュストたちの人柄も大体わかってきた。

使用人たちと接していれば、主人の素の姿は見えてくるものだ。

悪魔だというのも、ただの噂にすぎないだろう。

（それなりに役に立ちつつ、出しゃばらない、勘違いしない、期待しないのが、ここで暮らしていくための最善策よね）

ルチアはここで上手くやっていけそうだと満足して、口を布巾で覆った。

＊　＊　＊

「振られてしまいましたねえ」

「断られただけだ」

「どう違うんですか？」

「彼女には用事があったんだから、仕方ない。急な部屋替えもこちらの都合だ」

「用事ねえ」

ルチアが部屋の移動を徐々にすると聞いていたエルマンはもったいぶった返事をした。

ジュストはもう何も言わず執務室へと足早に戻る。

だが、内心ではがっかりしている自分に驚いていた。

(これは……彼女が当然受けるものだと思っていたからだ)

断られるなど考えてもいなかった。

ジュストは悪魔だ何だと恐れられているが、女性に不自由したことはない。

むしろ、言い寄る女性をかわすことに苦労しているくらいだった。

おそらく他の三人もだろう。

結局、その夜はいつものように四人で食事をとることになった。

「ジュスト様、奥方に振られたそうですね！」

「断られただけだ」

「それを振られたって言うんですよ」

ニコニコしながらニコルが楽しそうに話を振れば、ジュストは先ほどと同じように答えた。

ニコルの情報源はエルマンだろう。

ジュストが軽く睨んでも、エルマンは気にしていない。

「やっぱり噂を信じて奥方を蔑ろにしたのがまずかったんですよ。今さら部屋を変えても手遅れってことですねえ」

「ニコルはいつの間に奥様の味方になったんですか？」

「え？　僕は最初からだよ」

一番に反対していたくせに、しれっと嘘を吐くのもニコルらしい。

ニコルは楽しげに話を続けた。

「初めて見たときにはすごい華やかで、この城でやっていけるのかなって思ったけど、あの見送りで印象は変わったよね。それがまた昨夜の姿は煌びやかで綺麗でびっくり。それなのに今日はまたまた違って親しみやすかった。まさか兵士たちに労いの言葉をかけにわざわざ出迎えてくれるなんてね。兵士たちは喜んで他に手伝うことはないのかって何度も訊いてきたよ」

「では、ニコルたちから懐柔しようとしているのですかね」

「そんなこと、もうエルマンだって思ってないくせに。じゃないと、楽しそうにジュスト様が振られたことを教えてくれたりしないだろ？　あ……」

口を滑らせた、とばかりにニコルは口を押さえたが、あまりにもわざとらしい。

その証拠に、ニコルはジュストとエルマンをわくわくした様子で交互に見ている。

だが、ふたりとも反応しない。

そこにシメオンが口を開いた。

「アーキレイ伯爵令嬢は？」

「埃が立つので、部屋から出ないようにお願いしております」

「やだな、エルマン。今度はメラニア嬢を監禁することにしたの？」

今日一日、メラニアは何をしていたのかとの問いに、エルマンが答えた。

すると、ニコルがけらけら笑いながら言う。

「強制はしておりませんが、実際に部屋から出ることはなかったようですね。部屋で何をしているのかはわかりません」

「悔しがって臍《ほぞ》を噛んでるのかも」

「確かに、今の調子ならアーキレイ伯爵が来る前に掃除も終わりそうですからね。それも奥様のご指示があってこそですから、メラニア嬢の思い通りにはならなったわけです」

「これからジュスト様を巡って、女の争いが勃発するのかな？」

変わらず楽しげなニコルだが、発言内容は不穏である。

しかし、シメオンは否定した。

「その争いは起こらない」

「何で？　メラニア嬢はやる気満々に見えるけど？」

「奥方にその気がない」

ニコルも隣に座っていたのだからわかるだろう、とシメオンは言わんばかりに答えた。

昨夜の晩餐の席で、メラニアがあれだけジュストに甘えていても、ルチアは眉ひとつ動かさなかったのだ。

むしろ興味自体ない様子だった。

それはジュスト自身も感じていたことである。

「……思いのほか、気になるものだな」

ジュストがぽつりと呟くと、エルマンとシメオンだけでなく、ニコルまでもが黙り込んだ。

今まで特定の女性に興味を持ったことがないジュストが、ルチアに関心を示したのだから驚きである。

「やはり〝妻〟となると、義務も生じますからね」

「それは違うよ、エルマン」

沈黙は一瞬で、エルマンがもっともらしく答えた。

それをニコルは得意げに否定すると、ジュストに満面の笑みを向けた。

「ジュスト様、それは〝恋〟ですよ！」

どどーんと効果音が付きそうなほどの勢いでニコルは断言したが、エルマンは鼻で笑う。

「何だよ、エルマン。笑いごとじゃないだろ」

「確かに笑いごとではありませんよ。もし本当にジュスト様が〝恋〟などに落ちたのなら」

「いや、絶対〝恋〟だよ！　僕、見てたからね！　あの見送りのときの奥方を見るジュスト様の顔をね！」

鼻息荒く主張するニコルを、エルマンが疑わしげに見る。

シメオンはいつものごとく沈黙していたが、ジュストは再び口を開いた。

「確かに、そうかもしれないな」

「はい？」

「え？」

「嘘ぉ！」

ジュストの言葉に、エルマンとシメオンよりもニコルが一番驚いていた。

三人ともが正気か？　というようにジュストを見る。

「実際はよくわからない。ただいつもの自分とは違う気がするだけだ」

ジュストが真面目に自分の気持ちを吐露すると、ニコルがにっこり笑う。

「それが〝恋〟なんですよぉ」

「ニコル、先ほどからずいぶん自信があるようですが、あなたはそれほど〝恋〟に詳しかったですか？」

「さあ？　僕、恋なんてしたことないから」

「それでよく〝恋〟だなんて断言できましたね」

「じゃあ、エルマンは〝恋〟じゃないって断言できるような恋をしたことがあるの？」

「ありませんね」

「ええー。じゃあ、シメオンは？」

いつものようにニコルとエルマンの言い争いは不毛なものになっていた。

そして、巻き込まれたシメオンは黙って首を横に振る。

それを見て、ニコルは頭を抱えた。

「ダメじゃん！　みんな初恋もまだなの!?」

「ダメなのは、知りもしないのに知ったかぶっているニコルでしょう？」

「知ってるよ！　恋っていうのはね、相手の傍にいるだけでドキドキするんだよ！」

エルマンに指摘されてやけくそっぽく言い返したニコルはそこではっとした。

自分で言ったことに納得したのか、うんうんと頷きながらジュストに問いかける。

「ジュスト様、奥方を初めて見たときはどうでした？」

「……華やかだな、と」

「ええ……。じゃあ、見送りのときは？　後でにやにや笑ってましたよね？」

「にやにやはしていないが、面白いとは思った」

「なるほどー。では、出迎えてくれたときは？」

「……驚いた、かな」

「それはもうドキドキじゃないですか？」

「ニコル、たとえジュスト様がドキドキされていたとしても、それは驚きによるものですよ」

ニコルの質問にジュストは律儀に答える。

そんな問答が続いたが、ニコルが強引に話を引っ張ると、エルマンが突っ込んだ。

だが、ニコルはかまわず続ける。

「ではでは、昨日の晩餐ではどうでした？」

「あまり……楽しくはなかったな」

「ジュスト様が晩餐を楽しまれないのはいつものことじゃないですか。面倒くさいって。でも、楽しくないって感じたってことは嫉妬ですね？」

「何がどうなってそうなるんです？」

「エルマンはそんなこともわからないの？　楽しくないってことは、面白くないってことでしょ？　でも退屈ってわけではなくて、奥方と話ができなかったからで、僕と楽しく話していることが気になって、何を話したか訊いてきたんですよね？　要するに、嫉妬ですよ」

「そう、なのだろうか……」

「ジュスト様、信じてはダメですよ！」

再び突っ込むエルマンに、ニコルはそんなこともわからないのかと言わんばかりに長々と説明した。

すると、ジュストが納得しかけて、エルマンが慌てる。

その間、シメオンは黙々と食事を続けていた。

「そもそも、エルマンはどうしてそんなにジュスト様が恋していることを認めようとしないの？　今日、ジュスト様が奥方に振られたって楽しそうに話してくれたじゃないか」

「それとこれとは別です」

「どれとどれ？」

「食事の誘いを断られたことと、ジュスト様が〝恋〟をなさっているかもしれないということです」

「えー？　それじゃあ、まるでエルマンが嫉妬してるみたい」

「私が？　馬鹿馬鹿しい。なぜ私がジュスト様に嫉妬するというんです」

「あれ？　僕は奥方に嫉妬してるのかと。エルマンはジュスト様が大好きだから」

「……はい？」

ニコルとエルマンのやり取りはあらぬ方向に進み、気まずい沈黙が流れた。

そこでシメオンが呟く。

「……それも恋」

言うだけ言って、シメオンは呑気にグラスを口に運ぶ。

ジュストは一拍置いて、申し訳なさそうに口を開いた。

「すまないな、エルマン。お互いの気持ちはともかく、もう私と彼女は結婚しているんだ」

「なっ！　ち、違います！　そもそも嫉妬なんてしていないんですから、誰にとかありません！　ジュスト様が恋をなさっているなら、大いに結構！　ただ流されてほしくないだけです！」

「なんだ。それならそうと、そう言えばいいのに。エルマンは面倒くさいなあ」

「面倒くさくしているのはニコルでしょう！　いい加減にしてください！」

いつもは嫌味なほど冷静なエルマンが動揺している。

ニコルに怒りをぶつけたところで、エルマンはジュストが笑いを堪えていることに気づいた。

どうやら、振られたとニコルたちに告げたことのジュストからの仕返しらしい。

「……意地悪ですよ、ジュスト様」

「結婚したのは事実だからな。まあ、恋かどうかはわからないが、持参金だけでなく彼女にも興味が湧いてきたんだ。悪女とされている噂についても、むしろ逆なのではないかと思う」

「逆、ですか？」

「ああ。彼女が連れてきた使用人たちは、この城の者たちと仲良くやっているようだ。ということは、使用人に問題があるとは思えない。そんな彼らが彼女を慕っているんだ。政務官たちを丸め込んだというよりも、単に慕われていただけと考えるほうが納得がいく。また、商人と結託して私財を増やしたというが、民に損害がないのなら悪いことではない。商売上手なら歓迎すべきことだ。現に、この数年でショーンティ公爵領はかなり栄えたと聞いた」

改めて〝悪女ルチア・ショーンティ〟の噂について考えると、不自然なものが多い。

もし本当に噂通りの人物だったとして、賄賂も市場独占も裏工作もすべて貴族たち上流階級の者の常套手段である。

実際、このバランド王国も少し前までは王宮内で賄賂だの根回しだのが横行していた。

「もし、本当に奥様がジュスト様のおっしゃる通りの方なら、オドラン王国は――王太子は馬鹿ですね」

「ああ。だとすれば、我々は最大の敵を味方にすることができる機会を得たわけだ」

内乱で衰退していくこのバランド王国を侵略しようとしなかったのは、オドラン王国が他に目を向けるほどの国力がなかったからだ。

しかし、この三年ほどでずいぶん立て直し、国力を上げてきた。

それも王太子の指導の賜物だと聞いていたが、それこそ嘘なのだろう。

これからは国内だけでなく国外へ――オドラン王国も警戒しなければならないと考えていたジュストは、思いがけず幸運を手に入れたのかもしれなかった。

「ちょ、ちょっとちょっと！　そういう考え方はダメですよ。ときめきませんから！」

「ニコル、あなたはまた何を言っているのです？」

いつも通りの会話の流れになりそうなところで、ニコルが割り込んだ。

しかもまた訳のわからないことを言い始めたとエルマンが眉間にしわを寄せる。

「ジュスト様は奥方に恋をしているんですよ？　だとしたら、敵とか味方とか考えちゃダメです。女性が恋に落ちるとき、それは〝ときめき〟ですよ。ドキドキするのと一緒ですね」

「まだ恋していると決まったわけではないでしょう。そもそも敵なら〝恋〟をするなんてもってのほかです。私はそれを危惧しているんです」

「馬鹿だなあ、エルマン。敵に恋をすることこそ、恋愛の醍醐味だよ！」

「いや、本当に何を言っているんですか……」

大きなため息を吐きつつ、エルマンがぼやく。

ジュストは何か考え込んでおり、シメオンは軽く首を傾げた。

「……動悸どきどきときめき恋」

シメオンがぽつりと呟くと、寒々しいほどの沈黙が広がった。――が、次の瞬間、ニコルが吹き出す。

「何それ、標語⁉　やばいよ、シメオン！」

お腹を抱えて笑いながらニコルに突っ込まれても、シメオンは動じていない。

それよりも驚きなのは、俯くエルマンの肩が揺れていることだった。

どうやらツボに入ったらしく、ついには声を出して笑う。

そんな三人をジュストは楽しげに見ていた。

ジュストにとっては、この三人がいたからこそ内乱を平定することができたのだ。

そうでなければ王族の義務など放り出して、旅にでも出ていただろう。

やがて笑いが収まったらしいニコルがぽんっと膝を叩いた。

「よし！　まずは奥方を知ることから始めましょうよ、ジュスト様！」

「……そうだな」

「では、せっかくお部屋も隣同士になったことですし、さっそく今晩から奥方の寝室を訪れてはどうですか？」

「はあああ⁉　何言ってるの、エルマン！　今までの僕の話、聞いてた⁉　〝恋〟や〝ときめき〟はどこにいったの⁉」

「突き詰めれば同じことではないですか」

「違う、違う、違ーう！　エルマン！　君は〝恋〟について勉強したほうがいい！　今のままじゃ、人間失格！　恋愛指南書を読むべきだね！」

「馬鹿馬鹿しい。なぜ私がそんなものを読まなければならないのです」

「それは、エルマンが馬鹿だからだよ！」

「ば、馬鹿？　私が？」

「そうだよ！　恋愛検定でもあれば、エルマンは失格だね！」

今度はかなり賑やかなニコルとエルマンのやり取りが始まり、ジュストは黙って聞いていた。

そこにシメオンが顔を寄せ、こっそり訊いてくる。

「俺は何をすればいいですか？」

「シメオンは……王城内の警備を強化してくれ」

まさかシメオンまでジュストの〝恋〟について何かするつもりだったのかと驚きつつ、一番無難で適任なことを頼んだ。

シメオンは承知したとばかりに黙って頷く。

ジュスト的にはニコルにもエルマンにも放っておいてほしかったが、何だかんだでみんな楽しそうなので好きにさせることにしたのだった。

＊＊＊

「何かお探しですか？」

「ええ。恋愛指南書を――」

ついうっかり答えてしまったらしいエルマンははっとした。

そして、問いかけていながら予想外の答えが返ってきたルチアは驚いた。

「いいえ、今のは何と言いますか……」

「どなたか好きな方がいらっしゃるのですか？」

「違います。私ではなく、知人に言われて……」

「そうですか」

歯切れ悪く弁解しようとするエルマンに、ルチアは慈愛に満ちた笑みを向けた。

顔を赤くしたエルマンはきっと珍しいだろう。

（こういう場合の知人って、たいていい自分のことなのよね。性格が悪いと思っていたけれど、

可愛いところもあるのね）

恋は理屈ではないのだが、指南書を読もうとするところがエルマンらしい。

そもそも恋をしてしまうと、何でもいいのでとにかく縋《すが》りたくなるものだ。

ルチアにも痛いほど経験がある。……前世では本当に痛い目を見たが。

「それでしたら、こちらではなく向こうの書架にあるのではないかと思いますわ」

一気にエルマンへの好感度が上がったルチアは、ニヤけないようにしながら別の書架を教えた。

だが、一緒に探したほうが早いだろう。

「私も一緒に探しますね」

「いえ、奥様はお忙しいでしょうから大丈夫です」

「それが暇なんです。掃除を手伝おうとしたのですが、邪魔だから本でも読んでいてと言われてしまって……」

マノンに言われたことを思い出して小さく笑いながら、ルチアは書架を移動した。

エルマンが嫌がっていることはわかったが、これくらいの嫌がらせは許されるだろう。

気にしていないつもりで実はエルマンたちの冷たい態度にルチアは傷ついていたらしい。

メラニア嬢との晩餐あたりから、みんなの態度が変わったのは、きっとルチアに利用価値があるからだ。

（ちゃんと正妻として盾にはなりますので、これくらいは楽しませてくださいねー）

内心で悪態をつきながら、ルチアは『恋愛指南書』がありそうな棚を探した。

しぶしぶエルマンも隣で一緒に探す。

そのとき、少し先から図書室には相応《ふさわ》しくない甲高い声が聞こえた。

「まあ！　ルチア様！」

「……メラニア様、陛下もおそろいで読書ですか？」

振り返ったルチアは、ジュストにぶら下がるように腕を組んでいるメラニアを見て微笑んだ。

ルチアが動じていないことに、メラニアはむっとする。

ジュストはさりげなくメラニアの絡まる腕から抜け出して、ルチアからエルマンへと視線を向ける。

「ふたりとも、ここで何を？」

図書室なのだから、本を選ぶか探しているに決まっている。

そう思ったルチアだったが、密会場所として利用されることもあるのだと思い出した。

（まさか疑われてる？　私とエルマンが？）

はっきり言って、エルマンはルチアの好みから大きく外れている。

確かにイケメンではあるが、理屈っぽい男性は苦手なのだ。……おそらく同族嫌悪だが。

（それとも、自分たちがやましいからとか？）

そういえば、前世でも似たような状況に陥ったことがあるなと、ルチアは思い出した。

こういうとき、浮気男はルチアを責めだすのだ。

そのため、ルチアはさっさと退散しようとした。

「エルマンが探している本がありそうな場所に案内していたんです。あ、ちょうどありましたわ。こちらなどがよいのではないですか?」

ルチアはジュストに笑顔のまま説明すると、書架へと視線を向けた。

そこで知っているタイトルを見つけ、棚から三冊抜き出すとエルマンに押しつけた。

エルマンは反射的に受け取る。

「それでは、私はこれで失礼します」

邪魔はしないのだから文句も言わせない。

もちろん逆ギレも受けつけないという確固とした態度でその場から去っていった。

メラニアは自分がほとんど無視されたことに驚いている。

ルチアは図書室の外に出ると、掃除をしてくれているみんなの様子でも見に行こうと足を向けた。

「——待ってくれないか」

「……陛下?」

廊下を少し進んだところで、後ろから声をかけられてルチアは驚いた。

振り返れば、エルマンに渡したはずの本をジュストが持って立っている。

（え？　まさか、エルマンが言っていた知人って、陛下のこと？　陛下が本当に『恋愛指南書』なんて読むの？　上手な浮気の仕方なんて項目はないはずだけど……）

ルチアの視線に気づいて、ジュストは持っていた本を見下ろした。

そこではっとする。

「いや、これは……エルマンの部屋に置いてくると約束したもので……」

「陛下がですか？」

国王であるジュストが臣下であるエルマンの遣いをしていることに、ルチアは目を丸くした。

そんなルチアに弁解するように、ジュストは説明する。

「メラニア嬢がこの城を案内してほしいと言ってきたんだが、エルマンに任せたんだ。それで、本を預かった」

「そうだったんですね」

どうやらジュストは正妻を立てるタイプらしい。

自分がお飾りの妻だとしてもルチアは嬉しくなった。すぐに現実を思い出したが。

（ダメダメ。これくらいでほだされてたら、間違って好きになってしまうわ。気をつけないと）

前世も含めて今まで優先されたことのなかったルチアは、自分がチョロいことに気づいた。

このまま正妻として期待してはいけない。

メラニアよりは優先してくれるかもしれないが、次にどんな女性が現れるかわからないのだ。昨夜だって、ひょっとしてジュストが寝室にやってくるのではないかと、緊張と不安で眠れなかった。

その気持ちの中に期待も入っていたことはなかったことにする。

「よかったら、エルマンの執務室まで一緒に行かないか？」

突然の誘いに、ルチアは平静を装いながら頭の中はパニックに陥った。

答えなければと思うのに、出てきたのは間抜けな質問。

「私とですか？」

「ああ。エルマンがこの城を案内したらしいが、執務室のあたりはまだだろう？」

「……私を執務室に入れていいんですか？」

「置いてある書類を読み上げるわけじゃない」

「ですよね」

ふっと笑って答えるジュストに、ルチアは間抜けな声で「はは」と笑った。

本当は穴があったら入りたい。今すぐ消えてしまいたい。

前世では受け身でばかりいたせいで、今世では——ジョバンニ相手にはぐいぐいと気持ちを押しつけていたのだ。そのどれもが悲惨な結果になったために、ルチアはもう男性相手に何をどうすればいいかわからなくなっていた。

（これってどういうこと？　意味がわからない！　昨日の食事の誘いといい、何なの？　何かの罠!?）

ジュストの隣を歩きながらも何を話せばいいのかわからず、賑やかな頭の中とは違って現実の沈黙がつらい。

何か話題はないかと探したルチアは、ジュストの手にある本に気づいた。

「あの、重くないですか？　お持ちしましょうか？」

そう問いかけると、今度はジュストが目を丸くした。

次いで、笑いだす。

「いや、大丈夫。ありがとう」

ジュストはこの国で最高位の国王でもあるが、戦場では〝悪魔〟と恐れられるほどの騎士でもあるのだ。

そんなジュストが女性に荷物を持たせるわけがない。

珍しくジュストは心から楽しそうに笑っていたが、ルチアは馬鹿なことを言ってしまったと後悔していて、その笑顔に気づかなかった。

「で、でも、意外ですよね？　エルマンが『恋愛指南書』のような本を読むなんて」

「……そうだな」

どうにか挽回しようと振った話題は失敗だったらしい。

ジュストは笑顔を引っ込め、ルチアとは反対方向へ視線を逸らした。

これはひょっとして、本当にジュストのための本なのかもしれないとルチアが焦っていると、予想外の質問が飛んでくる。

「あなたはエルマンに手早く選んで薦めていたが、詳しいのか？」

「へい？」

まさか自分の話になるとは思わず、ルチアは変な返事をしてしまった。

前世では恋愛に関してノウハウ本から占いまでかなり妄信していた。

今思えば痛いのだが、今世でもこの世界の男性というものを知りたくて、取り寄せて読んでいたのだ。

結局、何の役にも立たなかったことを思えば、やっぱり痛い。

過去の黒歴史にダメージを受けながらも、ルチアは正直に答えることにした。

「一時期……その、ある人の気持ちを知りたくて、何冊か読んだので……。何の意味もなかったですけどね」

前世も現世もルチアはいつも二番手以下だった。

昔から勉強は得意だったが、それが通用するのは試験だけで、学校生活でも社会に出ても何の役にも立たない。

世の中、コミュ力がものを言うのだ。

（社会生活に困らないだけのコミュニケーションは取れても、いつも人の顔色ばかり窺ってしんどかったな……）

だからこそ、今世では恵まれた立場を利用して勝ち組人生を歩もうと思ったが上手くいかなかった。

きっと人間関係は目に見えるスキルではなく、魂のレベルが必要なのだろう。

ルチアが自嘲してジュストを見ると、しっかり目が合ってしまった。

「あの！　でも、きっとエルマンなら役立てることができるのではないかと思います。私は上手くできなかっただけで……」

「教本ですべて上手くいくなら、成功者ばかりだ」

「ですよね……」

「いや……だが、何もわからないのなら、指針は必要だと思う」

エルマンが本を読むことをフォローしたつもりだったが、ジュストに冷静に突っ込まれてしまった。

顔を赤くして頷くルチアを、今度はジュストがフォローする。

（ダメだ。陛下は普通に優しくて、このままだと好きになってしまいそう……。それだけは避けなければ）

気を取り直したルチアは、ジュストに向かって微笑んだ。

恋愛にはもう興味ないことを――ジュストの愛人について、口を出すつもりはないことをわかってもらっておいたほうがいい。

「恋愛は上手くいきませんでしたが、妻としての心得はあるつもりです。また陛下が私と結婚されたのも、持参金を必要とされていたからだと理解しておりますので、ご安心ください」

出しゃばるつもりはないが、必要なら既婚者という盾となるし、妻として――女主人としての役目は果たす。

だから、無一文では捨てないでほしいとの気持ちをルチアは告げた。

しかし、ジュストは眉間にしわを寄せている。

何か不興を買ってしまったかと心配したルチアだったが、ジュストは話題を変えた。

「このたびの城の掃除については本当に世話になった」

「いえ、お役に立てたようで嬉しいです。何より、皆が頑張ってくれましたから。明日の昼頃に終了予定ですので、明後日にはアーキレイ伯爵を無事にお迎えできそうです」

「助かったよ。ありがとう」

この話題なら大丈夫だと、ルチアはほっとして答えた。

すると、思いがけずジュストは優しい笑みを浮かべる。

（勘違いしてはダメ。勘違いしてはダメ。勘違いしてはダメ……）

ルチアは呪いの言葉のように頭の中で何度も繰り返した。

高鳴る鼓動はただの反射だと言い聞かせながら、頭の中で埋もれそうになっていた冷静スイッチを押す。

「き、恐縮です。あ、ですが、今回は簡易的なものですので、また追々ひと部屋ずつ丁寧に掃除ができればと思っております。お許しくださいますか？」

「当然だ。また必要な人員などあれば言ってくれ。手配しよう」

「ありがとうございます」

「ところで話は変わるが、明日の夜にふたりで一緒に食事をしないか？」

どうにか事務的に乗り切れたと安堵したとき、ジュストがルチアの動揺スイッチを押した。

ひょっとして動揺スイッチはルチアの額にでもあるのかもしれない。

ジュストはルチアの答えを待って、じっと顔を見つめる。

（何で⁉　いったい何が目的なの⁉　それとも私が勝手に盛り上がっているだけで、メラニア様もみんなもいるの？　いや、でも「ふたりで」って言ったわよね？　ええ？　……あ、わかった。アーキレイ伯爵が来る前の作戦タイムだ。うん。そうだ）

パニックになったルチアは一瞬の間にあれこれ考えたが、結論が出て冷静スイッチがまた押される。

この城に来てから本を読んだり、仕入れた情報から、アーキレイ伯爵が曲者《くせもの》であることはルチアでもわかった。

そのために、打ち合わせのようなものをするつもりなのだろう。

「わかりました。明日の夜ですね」

にこやかにルチアが了承すると、ジュストはほっとしたように見えた。

不思議に思ったルチアだったが、エルマンの執務室に到着したことでジュストは安堵したのだろう。

とりあえず、メラニアと一緒にいたことのルチアへのフォローは終わった、と。

エルマンの執務室は想像通りにきちんと整理整頓され、机の上には何も置いていない。

そこにジュストが本を無造作に置く。

それだけで、何となくジュストの執務室は雑然としていそうだなと感じた。

「ここが、エルマンの執務室。ついでに私の執務室も案内しようか?」

「い、いいえ。陛下もお忙しいでしょうから、もう大丈夫です。この辺りの様子もわかりましたから」

これ以上一緒にいては、ルチアの冷静スイッチが働かなくなりそうだった。

それに実際、ジュストは忙しいはずだ。

しかし、ルチアはひとつだけジュストにお願いしたいことがあった。

「陛下、今日はありがとうございました。とても興味深かったです」

「そうか」

「それで、その、ずうずうしいのですが、ひとつお願いしてもよろしいでしょうか？」

「ああ。どうした？」

ルチアがお礼を言うと、ジュストは生真面目な顔で頷いた。

先ほどまでの親しさは消え、言い難くはなってしまったがルチアが続けると、ジュストの表情が緩む。

「よろしければ明日の夜の使用人たちの食事を、豪勢とまではいかなくても、いつもより特別なものにしてくれませんか？」

ルチアはほっと息を吐いて願いを口にした。

「使用人たちの食事を？」

「はい。皆、この短期間でよく働いてくれましたから、ちょっとした報奨のようなものです。そうすれば、達成感とともに自分の仕事に誇りも持てるのではないかと。また、伯爵がいらっしゃってからもよく働いてくれると思います」

使用人たちは命じられれば動いてはくれる。

それでも褒められたり、報奨がもらえれば喜び、さらに仕事に励んでくれるだろう。

誰だって認められたいのだ。

「わかった。では、それに関しては任せてもいいだろうか？」

「ありがとうございます。お任せください」

ジュストが渋ることなくすぐに認めてくれたことがルチアは嬉しかった。しかも、ルチアに任せるということは、少しずつだが信用してくれるようになっているのかもしれない。

（やっぱり認められるって嬉しいわよね。それに、仕事をひとりで抱え込まないところもさすがだわ）

ルチアは笑顔で辞去の挨拶をすると、踵《きびす》を返した。

新しいルチアの仕事ができたので、掃除の邪魔はしないですむ。

ルチアは足取り軽くその場を去っていき、その後ろ姿をジュストはじっと見ていた。

「――まったく振り返りませんでしたねえ」

ルチアが角を曲がって姿が見えなくなると、背後からニコルの声がした。

図書室からニコルが後をつけてきていたのは気づいていたが、ジュストは無視していたのだ。

「訓練はどうした？」

「シメオンに任せてます。僕は兵たちが何か手伝うことはないか、奥方に訊きにいったんですよ。そうしたら、修羅場っぽかったので遠慮して隠れてました」

「馬鹿なことを言うな」

ニコニコしてからかうニコルに、ジュストは呆れてため息を吐いた。

ニコルは何事も大げさに言う。

慣れている者はいいが、たいていは振り回されてしまうのだ。

「それで、どうしてメラニア嬢と腕を組んで図書室に？」

「……彼女が図書室にいると聞いたので向かっている途中でメラニア嬢と会ったんだ。そのまま、ついてきたのだが、いきなり腕を組まれた」

「メラニア嬢は好戦的ですね」

「相手にされなかったがな」

「それでジュスト様は嫉妬して八つ当たりしたんですか？」

「八つ当たり？」

素直に答えていたジュストは、思いがけないニコルの言葉に驚いた。

八つ当たりなどした覚えがない。

エルマンの部屋に入るニコルを追って、ジュストも入る。

「ええ。エルマンとふたりでいた奥方に、ここで何をしているのかって問い詰めていたじゃないですか」

「問い詰めてなどいない。ただ訊いただけだ」

「そうですかあ？　声が怖かったですよ？　それで奥方はさっさと逃げ出したんじゃないです

か」

「……逃げたのか？」

「修羅場になるのを避けたっていうほうがいいのかな？　でも、その後ちゃんと奥方を追われたのは正しい選択でしたね。まあ、ジュスト様は食事の誘いを再挑戦されるためのようでしたが。よかったですね、上手くいって」

ジュストが運んだ本をニコルはパラパラとめくり、にっこり笑った。

それから一冊をジュストに差し出す。

「これ、僕も以前読んだことがあるんですが、なかなか興味深かったですよ。ジュスト様も読まれてはどうですか？」

「恋はしたことないんだろう？」

「でも、恋されることはありましたから」

なかなか自信過剰な発言だが、事実でもある。

爽やかな容姿に明るい性格でニコルは男女ともにかなり人気があるのだ。

だが悪魔と呼ばれるに一番相応しいのが本当はニコルのことだと知る者は少ない。

「それじゃ、僕はこれで失礼します。明日の食事、上手くいくといいですね」

ニコニコしながらニコルは出ていき、ジュストは受け取った本を見下ろした。

こんなものを読んでも上手くいくとは思えない。

ルチアも意味がなかったと言っていたことを思い出し、ジュストはもやもやした。

要するに、ルチアはジョバンニのために努力したが、報われなかったのだ。

そんないじらしいことをする人物が悪女とは思えない。

(もちろん、噂がすべて嘘だとまだ決まったわけではないが……。とにかく、彼女ときちんと話をしないことには始まらないな)

先ほどは、ルチアがジョバンニに恋していたことに苛立ち、つい厳しいことを言ってしまった。

ルチアの沈んだ声で我に返ったが、何のフォローもできなかったことが悔やまれる。

(これが恋だというのなら、厄介な感情だな……)

この結婚が持参金目当てだと理解していると、ルチアからはっきり言われたときには、表向きだけでも否定することができなかった。

事実であることが、ジュストに後ろめたさを感じさせたのだ。

結局、話題を変えることしかできなかったが、それが上手くいったことについては自分を褒めたかった。

今までこんなに会話に苦労したこともない。

それでも、ジュストは明日の食事が楽しみだった。

ルチアがどんな考えをしているのか、邪魔も入らず知ることができる。

使用人たちにも報奨を与えるなど、ジュストには考えも及ばなかったことだった。

それも、ちょっとした食事程度でよいというのだ。

ジュストはニコルに渡された本を抱えたまま自室へと戻り、その姿を目撃した者たちの驚愕に満ちた視線にも気づかないほど浮かれていた。

その後、エルマンの執務室に書類を届けに入った政務官が机の上の『恋愛指南書』を見つけ、王城内に動揺が広がった。

天変地異の前触れではないのか、恋愛禁止令が出されるのではないか、などなど。

不機嫌なエルマンから報告を受けたジュストは適当に聞き流していたが、翌日に後悔することになったのだった。

第六章

「――あの本のことが噂になっているようですね」

約束の食事の席で、ルチアが『恋愛指南書』について話題に出したことでジュストは焦った。

こんなことなら昨日のうちにきちんと対策を考えておくべきだったと悔やみながらも、口から出てきたのは素っ気ない返事。

「あ、ああ……」

食事が始まってからほとんど会話が進まなかったところを、ルチアが振ってくれた話題なのに、どう反応すればいいのかわからなかったのだ。

やはりこんなに〝会話〟に労力を使うなど、ジュストの人生で初めてだった。おそらく敵と戦うよりも疲れる。

「あれは……ニコルが必要としているんだ」

「ニコルですか？　それは意外です」

ジュストは何とか話を続けようとして、事の発端であるニコルに押しつけることにした。

すると、ルチアは楽しそうに笑う。

その笑顔を見て、ジュストの胸が高鳴った。

ジュストは思わず自分の胸を押さえて見下ろす。

「どうかなされましたか？」

ジュストの行動を見てルチアが首を傾げる。

その仕草もまた可愛いと思っている自分に、ジュストは驚いた。

「恋をすると、ドキドキするとニコルが言っていた……」

何も考えずに口から出た言葉に、ルチアは一瞬ぽかんとしたが、すぐに声を出して笑った。

「陛下でも、そのように冗談をおっしゃるんですね」

先ほどからルチアは本当に楽しそうに笑っている。

そのことに気づいて、ジュストは嬉しくなった。

今までは儀礼的な微笑みだったり、どこか遠慮ぎみだったりしていたのだ。

――やはり自分はルチアに恋している。

ジュストはようやく自分の感情に確信を持った。

ルチアの何がそんなにジュストを惹きつけるのかはわからないが、ニコルに押しつけられた本にも書いてあった通りだ。『恋に落ちることに理由はない』と。

「そういえば、危険な状況をふたりで乗り越えると、その緊迫感――ドキドキを、恋のときめきのドキドキと勘違いして恋に落ちてしまうことがあるそうですよ。そういうのを〝吊り橋効果〟というそうです」

「吊り橋？」

「はい。吊り橋って揺れるし高いし、落ちるかもしれないって怖くてドキドキしますから」

「なるほど……」

ジュストは吊り橋を怖いと思ったことはないが、ルチアがそれで恋に落ちてくれるなら、いつか一緒に渡ってみるのもいいなと考えた。

だが残念ながら、王都近辺に吊り橋はない。

「ところで……その、これからあなたのことを〝ルチア〟と呼んでもよいだろうか？」

「――はい、もちろんです。そのように確認してくださるなど、陛下はお優しいんですね」

ジュストは今までルチアのことを、何となく呼び損ねていたため、改めて呼び捨てにしてもよいか密かに悩んでいたのだ。

急な話題転換にも驚かず、ルチアが快く了承してくれ、ジュストはほっとした。

これで堂々と名前を呼べる。

それだけでまた嬉しいと思う自分が、ジュストは面白かった。

「それでは、私からも確認したいことがあるのですが、よろしいでしょうか？」

「ああ。何だ？」

ルチアの問いかけに、ジュストは自分のことも呼び捨てにしてくれるのだろうと期待して頷いた。

ところが、続いたルチアの言葉は思っていたものと違った。

「明日からいらっしゃるアーキレイ伯爵のことですが、陛下はどのようにお考えですか？」

「どのように、とは？」

「ここ最近ではありますが、私はこの国のことについて勉強しました。それで、アーキレイ伯爵の今までの立ち位置も理解しました。ですから、これからはどのような立ち位置に置かれるのか、余計なこととは思いましたがお伺いしたいのです」

「いや、余計なことではない」

ルチアが図書室の本をかなり読んでいるとは聞いていたが、その本だけで理解できる内容ではない。

おそらく、今までの戦況や伯爵家の歴史、領地の規模、地理的位置などから、ルチア自身が判断したのだろう。

本来ならルチアはオドラン王国からの間者だと考えるべきだが、それは他国から花嫁をもらう時点で想定内だった。

「アーキレイ伯爵は今のところ味方にしておいたほうがよいというだけだ。この城まで引っ張り出すことができたのだから、あとは伯爵の出方次第だな。メラニア嬢があのような申し出をしたのも策略なのかどうか、見極めなければならないだろう。とにかく、伯爵側の人間を城内に入れないために、ルチアがあの場でメラニア嬢の申し出を断ってくれて感謝している」

「お役に立てたのなら嬉しいです」

ジュストの返答は曖昧で、結局はアーキレイ伯爵をどうするかは明言しなかった。

それでもルチアは感謝の笑みを浮かべ、続いて驚くべきことを口にした。

「お答えいただき、ありがとうございます。私も微力ながら、陛下の妻として務めさせていただきます。私は悪女ですから、利用なさってくださいね」

その言葉の意味を図りかねている間に食事は終わり、ジュストは不完全燃焼のままルチアと別れた。

ルチアに恋していることは間違いない。

だが、エルマンが危惧しているように、のめりこんではいけない。

こんなに〝恋〟というものが難しく、苦しいものとは思ってもいなかった。

確かに指南書を読んだくらいではどうにもならないだろう。

「まいったな……」

ジュストはひとり呟いて苦笑した。

それから無駄だとわかりつつも、再び指南書を開いたのだった。

＊　＊　＊

（ヤバいヤバいヤバい！　もう、ホントにヤバいって！）

ルチアは部屋に戻った途端、顔を両手で押さえて座り込んだ。

部屋まではどうにか平静を装うことができたが、もう限界だった。

そんなルチアに驚き、マノンが駆け寄る。

「ルチア様⁉」

食事をとったダイニングは王族の家族用のもので、ルチアやジュストの部屋と同じ階にある。

そのため、ルチアは供を付けずに出ていたので、マノンは何があったのかとかなり心配していた。

「まさか、無体なことをされたのですか⁉」

「違うわ……」

「それでは、いったい何があったのです⁉」

「陛下が……」

「陛下が？」

「す、素敵すぎて……」

「はい？」

「もうね、かっこいいの！　そりゃ、お姿ももちろんかっこいいわよ？　それは知ってた。でもね、何て言うか全部かっこいいの！」

「はあ、そうですか……」

ルチアのイケメン好きをマノンだけは知っていた。

そのため、マノンは呆れたようだ。

「ルチア様、陛下のご容姿は確かに優れておられます。ええ、他のお三方も。ですが、お会いしたときの仕打ちと、それからの態度の変わり様を思うと私は信用なりません」

マノンはさり気なくエルマンやニコル、シメオンもかっこいいと加えている。

ルチアはちょっと楽しくなりながら、それでもマノンを安心させるように微笑んだ。

「大丈夫よ。イケメンは観賞用ってわかっているから。これは何て言うか、推しのファンサに興奮しているってところ」

「また何をおっしゃっているのかわかりませんが、ルチア様が楽しまれているだけなら私は何も申しません」

ルチアはできるだけ前世の言葉を使わないようにしているのだが、たまに口から漏れ出てしまう。

マノンにも前世のことは打ち明けていないのだ。

しかし、特に追及されたことはなく、ルチアは興奮のままに続けた。

「今日はもう奇跡の一日だったと言ってもいいと思うの。まず、図書室で陛下はメラニア様よりも私を優先して追いかけてくれたのよ？　すごくない？」

「……そうですね」

「食事の席では、作戦タイムの前に冗談で和ましてくださったし！」

「冗談ですか？　陛下が？」

「そうなのよ！　『恋をするとドキドキするらしい』って、胸を押さえておっしゃったの！」

「それのどこが冗談なのですか？」

「ほら、『恋愛指南書』のことで噂になっているでしょう？　その話題からなんだけど、あれを必要としているのは、ニコルなんですって！　それも意外よね？」

「ニコル様ですか……」

マノンにとっては、メラニアよりルチアを優先するのは当然のことだとしか思えない。それを喜ぶルチアに突っ込むこともできず、複雑な心境で相づちを打てば、次にはルチアの冗談の定義がわからない。

ここは訊ねてもよいだろうと問えば、例の『恋愛指南書』に関連するものだった。どう考えてもあのニコルが指南書を必要とするとは思えない。

ニコルについては使用人たちの間でもよく話題になるのだ。……色恋問題で。

これはひょっとしてジュストがルチアに恋したのではないかとマノンは考えたが、当のルチアにはそんな考えはまったく及ばないらしかった。

「ああ……でも今思うと、せっかくの陛下の冗談に、吊り橋効果だなんてくだらない話で返してしまったわ。もっと気の利いた冗談が私も言えればよかったのに……」

「吊り橋効果とは何ですか？」

「えーっと……簡単に言えば、恋は勘違いってこと？　違うわね。勘違いから始まることもあるってこと？　あら、私が勘違いしているかも」

うーんと悩み始めたルチアを見て、マノンは頭を抱えたくなった。

ジュストが冗談などではなく、ルチアに恋しているかもしれないと伝えようとしていたとしたら、それを勘違いだと返したことになる。

つまり、遠回しな断りだと勘違いされた可能性が大きい。

勘違いだらけで、マノンは何が何だかわからなくなってしまった。

「とにかく、陛下は納得していらしたわ。それからなんと！　私のことを名前で呼んでもいいかとわざわざ確認してくださったのよ！」

「……むしろ今まで何と呼ばれていらっしゃったのですか？」

「え……。確か、『あなた』とかだったと思うわ。ほら、あまり会話がなかったから……」

今までルチアが名前でさえ呼ばれていなかったことがマノンには腹立たしかった。

ルチアは本来なら愛されるべき人物なのに、ジョバンニたちのせいですっかり自己評価が低くなってしまっている。

この城での扱いも酷いものだったが、ルチアは不満に思ってもおらず、マノンはそれが悔しかった。

その気持ちが表情に出てしまったようで、ルチアは慌てて話題を変える。

「あっ、それで、みんなのご飯はどうだった？　美味しかった？」

「――はい。祭日でもないのに肉入りのスープが出ただけでなく、フルーツプディングまであったんですから。それはもうみんな大喜びでした」

「よかった。みんな急なことだったのに、文句も言わずに大掃除を頑張ってくれたものね」

「そうですね。みんなルチア様に感謝していましたよ」

「私？　みんなの労いのためにと許可をくださったのは陛下なのよ？　そのことはみんなに伝わっているのでしょう？」

「もちろんです。陛下にも感謝していましたよ。ただ、料理人たちに直接指示していらしたのはルチア様ですから」

「ああ、それで誤解されてしまったのね。もっときちんと私が伝えるべきだったわ……」

困惑しているルチアに、マノンは苦笑しつつももう何も言わなかった。

たとえルチアがしっかり伝えていたとしても、みんな誰のおかげで特別料理を食べることができたのかわかっただろう。

今まで年に数回あるだけの祭日以外に肉入りのスープもプディングも出たことがないのに、ルチアがやってきた途端に労いとして出されたのだ。

城に勤める使用人たちも、はじめは〝悪女〟と噂のルチアを恐れていたが、ここ数日ですっかり敬愛の念に変わったようだった。

〝悪魔〟と噂されるジュストたちについては、畏怖の念を抱きつつも残された者たちだけあって、忠誠心はしっかりある。

このままルチアがジュストたちにも正当に評価されれば、この城も国もよりよく発展していくに違いない。

マノンはその日が来ることを願いながら、ルチアの寝支度を手伝ったのだった。

第七章

ジュストとふたりきりの食事をとった翌日。

昼過ぎにアーキレイ伯爵が大勢の随行員と荷車を引きつれて到着した。

内乱が収まったばかりでまだ安全とはいえない行程に騎士たちは仕方ないにしろ、従僕や侍女たちはそれほど必要とは思えない。

「ずいぶん派手にやって来ましたね」

「見せかけだけだよ」

出迎えのために正面扉前に立っていたエルマンとニコルの小声での会話が、ルチアにも聞こえてきた。

ジュストは王らしく、出迎えにはいない。

そこでルチアはこのアーキレイ伯爵の来城の本当の意味を理解した。

ようやく覇権を取り戻したジュストたちの残る最大の敵は、内乱を傍観することで戦力を温存し、諸侯への影響力も大きい伯爵だった。

その伯爵に恭順の意を表させることで、ジュストの王としての復権を国内に示したのだ。

ジュストがこの城を発つときに武装していたのは、いつでも戦う意思があると伝えるためであり、帰城の際に鎧を脱いでいたのは交渉が上手くいったからだろう。

（でも、その交渉に王自ら赴いたのでは、今ひとつ威厳に欠けたんじゃ……）

ルチアは伯爵が乗っているらしい馬車を見つめながら、ぼんやり考えていた。

伯爵はジュストと違って、馬で移動するタイプではないらしい。

行列は長々と続いており、もうすぐ伯爵の乗った馬車が正面に到着するというのに、最後尾はまだ見えなかった。

（まるで参勤交代ね……）

ふと思い浮かんだことに、ルチアはひとり微笑んだ。

だとすれば、メラニアは人質である。

とはいえ、出迎えの中でひときわ華やかに装い、大げさに父親の到着を待っていた。

（この国の状況は前世でなら関ヶ原の戦いの後って感じかしら？）

ルチアは前世でそこまで歴史に詳しいわけではなかったが、父親が歴史マニアだった。

子どもの頃から様々な史跡に連れていかれては、興味のない史実を父親の解釈も加えて聞かされたものだ。

それが学生時代の試験ではそれなりに役に立ったこともある。

だからといって、長期休みのたびに遊園地などではなく、五街道踏破を目指さなければいけなかったのは苦い思い出だった。

（まあ、それはどうでもよくて……）

久しぶりに前世のことを思い出したルチアは、その記憶を振り払うように小さく息を吐いた。

妹はすぐに疲れたと言っては、両親の背に負われていたのに、ルチアは弱音を吐くことを許されなかったのだ。

何がつらかったといえば、両親に差別している自覚がまったくなかったことだろう。

前世も今世も家族の一番にさえなれなかったが、そんなものだと思えば諦めもついた。

「お父様！」

「メラニア、元気だったか？」

馬車から降りてきた伯爵に、メラニアが勢いよく飛びつく。

そんな娘を伯爵は破顔して抱きとめた。

本来なら出迎えの者――エルマンなどに挨拶するべきを、娘との再会を喜ぶふりをして無視している。

もちろん、ルチアへ視線も向けない。

（へえ？　親娘揃って好戦的なのね）

ここにジュストがいればまた態度は違っただろう。

たかだかジュストの臣下ごときには敬意を払わないと、伯爵は示しているのだ。

ルチアについては、メラニアが気を遣うべきだが、当然そんな気はないらしい。

（ここは悪女な私の出番ね）

エルマンに対応を任せてもいいが、下手に伯爵から反感を買うより、よそ者のルチアのほうが適任である。

しかも昨夜、ジュストに一方的だが役に立つと約束したのだ。

「メラニア様、感動の再会も素敵ですけれど、そろそろ私を紹介してくださらないかしら？」

「まあ！　申し訳ありません、ルチア様！　お父様にお会いできたのが嬉しくて……。きっとルチア様もご家族に再会できたらわかりますわ」

「ええ、そうね」

ルチアが祖国から追い出されたも同然であることは、メラニアも知っているはずである。

無邪気なふりで嫌味をぶつけてくるメラニアを伯爵は窘めることもせず、横柄に立っているだけだった。

「でも、私の両親は礼儀にうるさい人たちで、公爵家の娘としてしっかり躾けられたの。だから挨拶も満足にできなければ叱られてしまうわ」

たとえ国は違っても、ルチアは公爵令嬢であり、今はこの国の王であるジュストの妻だ。

伯爵やメラニアがどれだけ礼儀知らずで無礼なのか、ルチアは嫌味で返した。

すると、メラニアはむっとする。

しかし、伯爵は声を出して笑った。

「これはこれは、大変失礼した。本来なら私から挨拶せねばならぬところを、娘にかまけて遅くなりました」

「ええ。今からでも間に合いますわ」

だから早く挨拶をしろ、とルチアは促した。

背後ではニコルが笑いを堪えて変な声を出し、エルマンは何度も咳をしている。

アーキレイ伯爵はにこやかな笑顔のままだったが、その目には怒りが見えた。

「私はアーキレイ伯テオドロス・アーキレイと申します。どうぞお見知りおきを」

「アーキレイ伯爵、あなたの噂はオドラン王国にまで届いていましたわ」

「ほう……。それはどのような噂かお伺いしても？」

「ええ、もちろん。アーキレイ伯爵は混乱するバランド王国内で、お屋敷に立てこもって勇猛果敢に領地を守っている、と」

要するに、領地に引きこもっていた臆病者というわけだ。

これにはニコルも堪えきれずに噴き出した。

伯爵は怒りで顔を真っ赤にしていたが、メラニアは唖然としている。

おそらく、ルチアの態度が今までと明らかに違うからだろう。

ルチアは傍で控えているマノンの動揺を感じ取り、ここまでにしておくことにした。

「今さらだけれど、私はルチア・ショーンティ・バランドよ。奥方とでもバランド夫人とでも、どうぞ好きなように呼んでくださいね。それでは、この城での滞在を楽しんで」

かなり居丈高な態度で挨拶して、ルチアは踵を返した。

あとはエルマンが上手くやるだろう。

怒りは判断を鈍らせる。

昨夜、ジュストは伯爵について『今のところは味方にしておきたいが、あとは出方次第』と言っていた。

伯爵がルチアへの怒りで本音を少しでも見せれば、ジュストたちは扱いを決めやすくなるはずだ。

ジュストにさえ邪魔だと思われなければ――利用価値があるとわかってもらえれば、誰に嫌われようとここで暮らしていける。

ルチアはジュストの妻ではあっても、彼の一番を望むつもりはもうなかった。

ジュストを推しとして、推し活を楽しもうと決めたのだ。

そうすれば二番目以下の存在でも人生はきっと充実するはずだ。

（推しのためならエ～ンヤコ～ラ～）

前世での数少ない友人のひとりがよく口ずさんでいた謎のフレーズを心の中で歌う。

ルチアは自室に戻る前にもうひとつの部屋――翼棟の仮部屋に入り、窓から前庭をこっそり見下ろした。

マノンは何か言いたげだったが、そんなルチアの行動を見守る。

ルチアは伯爵の随行員の多さにため息を吐いた。

（本当にこのお城を乗っ取るつもりかしら）

メラニアの申し出を受けていたら、城の使用人たちに対して主導権を握られていたかもしれなかった。

だがまだ油断はできない。

「マノン、伯爵の使用人たちに好きにさせないよう気をつけて。何かあっても責任は私が負うから。みんなにも伝えてくれる？」

「かしこまりました。ですが、ルチア様が責任を負われる必要はございませんよ。使用人には使用人の流儀がありますから」

「わかったわ。お願いね」

マノンに任せておけば、使用人たちは大丈夫だろう。

ショーンティ公爵家でも、家令を差し置いて陰の実力者だと言われていたほどである。

再び窓の外へ視線を向けたルチアは、一部の荷車が正面ではなく、裏手へ向かっていることに気づいて目を凝らした。

ずいぶん大仰な一行だと思っていたが、どうやら荷車の半数以上が穀物を載せているらしい。

（ひょっとして、あれは種籾かしら……）

国を復興させるためには、まず民が飢えないように作物の生産量を安定させなければならない。

そのためにも種籾が必要だとルチアは考えていたが、当然ジュストたちも考え、伯爵に提供してくれるよう交渉したのだろう。

有償にしろ無償にしろ、あれほどの量をアーキレイ伯爵領から提供させるのだから、ジュスト自ら交渉に出向いたのも理解できた。

（そりゃ、新婚生活より優先させるわよね。他国からやって来た悪女に話す内容でもないし）

初対面での印象はよくなかったが、ジュスト側の都合もおかまいなしに押しかけたのだから文句は言えない。

ジュストの体面を保つ必要もあったのだろう。

その後は少しずつ歩み寄ろうとしてくれているのだ。

（うん。やっぱり推すに値する人だわ）

好きにならないためにも〝推し〟として、ジュストの応援をしよう。

改めて決意していたルチアは、穀物を入れているのだろう袋が荷車から落ちる瞬間が視界に入った。

すぐに傍を歩いていた男が拾い上げて荷車に戻したが、一連の出来事にルチアは違和感を覚えた。

（まさか……でも……！）

ルチアはマノンに説明する時間を惜しんで、荷車が向かっているだろう場所へ急いだ。

一度納品されてしまってからでは遅い。

今、はっきりさせておかなければならなかった。

ルチアの予想通り、荷車は城の奥にある貯蔵庫に集まっている。

そこで荷下ろしを見守っているのはエルマンだった。

エルマンは伯爵家の使用人らしき人物と話していたが、ルチアの姿を認めると近づいてきた。

「奥様、このような場所でいかがされました？」

「何を運んでいるのか知りたくて。伯爵からの献上品？」

「……種籾ですよ。この国の民が飢えないためにも、休耕地を復活させ、さらに畑を広げるつもりですから。その土地に植える種籾が必要なんです」

「あら。それなら私の持参金でオドラン王国から種籾を買えばよかったのに」

「伯爵は無償で提供してくれたのです」

「それはずいぶん気前がいいのね。でも、この国のものが私の口に合うかしら？」

そう言って、ルチアは荷車に近づき、袋を指で押した。

その感覚に眉をひそめる。

「奥様？」

「中身も確認したいわ。開けてくれる？」

驚くエルマンに返事をすることなく、ルチアは袋を運んでいた下男に頼んだ。

その場にいた皆が遠慮がちにルチアの様子を窺っている中で、先にエルマンと話していた伯爵家の使用人が走り寄ってきた。

「奥方様、中身を確認されたいのなら、あちらにすでに開けているものがありますので――」

「いいえ。これを開けて」

「わざわざ開ける必要はありませんよ」

下男はルチアと伯爵家の使用人と見比べ、エルマンが頷いたのを見てから袋を開け始めた。

誰に従うべきかわかっているのだ。

下男が少し手間取りながら開けた袋に、ルチアは手を入れて中身を掴み出した。

そして皆の前で広げてみせると、わずかな風に手のひらの籾が飛んでいく。

「……これのどこが種籾なの？　籾殻ばかりじゃない」

「おや、これは困りました。籾殻が間違って混入したのなら、すべての袋を調べる必要がありますね」

「そんなことはありません！　この袋だけですよ！　それにほら、籾殻だけじゃなく、ちゃんと種籾が入っています！」

ルチアが怒りを滲ませた声をあげれば、エルマンが冷静に答える。

エルマンはルチアがこの場にやって来た時点で、何かあると思っていたのかもしれない。

ルチアの怒りをあらわにした姿が演技であることを見抜いているように、次はどうするのだと問うかのように片眉を上げた。

しかし、伯爵家の使用人だけはそんなやり取りに気づかず、自ら袋に手を入れて訴える。

確かに、手のひらにはいくらかの種籾が残っていた。

「間違いは誰にでもあるのだから仕方ないわ。でも間違いが見つかったからには、きちんと正さないとね。籾殻からは芽が出ないもの」

「おっしゃる通りです。万が一があってはなりませんから、すべて調べましょう」

「仕事を増やしてしまったけれど、頑張ってね」

ルチアは高慢に言うと、エルマンと青ざめている伯爵家の使用人に手を振って去っていった。

その場にいた者たちは「どういうことだ？」とばかりに、お互い顔を見合わせている。

「ルチア様、お部屋にお戻りになられますか？」

「ええ。今度こそ戻るわ。あっちこっち連れまわしてごめんね、マノン」

「いいえ、それはかまいません。ですが、大丈夫なのでしょうか？　アーキレイ伯爵の怒りを買ってばかりいらっしゃいますが……」

「それでいいのよ。私は〝悪女ルチア・ショーンティ〟だから、これくらいでいなくちゃね」

「またそのようなことを……」

心配するマノンにルチアがおどけて答えると、不満そうな声が返ってくる。

だが、主棟に入って人通りが多くなったために、マノンは口を閉ざした。

ルチアも何も言わずに黙って自室へ向かいながら、改めて先ほどのことを考えた。

あれはエルマンがルチアの意図をすんなり汲んでくれたおかげで上手くいったのだ。

今までのエルマンだったら、きっと逆に邪魔をされた可能性があった。

ひょっとしてジュストがルチアについていいように言ってくれて、エルマンの態度が変わったのかもしれない。

そう思うと嬉しくなり、ルチアは悪女としてのやる気がさらに湧いてきたのだった。

＊　＊　＊

いくらやる気があっても、それだけではどうにもならないことが世の中にはたくさんある。

ルチアは〝推し〟であるジュストの前でアーキレイ伯爵に対峙しなければならないことを呪った。

晩餐の席でアーキレイ伯爵が嫌みたらしく何度も絡んでくるのだ。

「――いやいや、まいりました。まさか、公爵家のご令嬢が倉庫へ赴いて、種籾を掴むなどと。聞いたときには耳を疑いましたよ。ショーンティ公爵は種籾の見極めまで躾けられたのですねえ」

「おかげさまで、掴んだ種籾の半分が籾殻だと気づけたのですから、父は正しかったようですわ」

伯爵はルチアの父親であるショーンティ公爵を持ち出し、初対面での嫌味に意趣返ししたつもりらしい。

だが、ルチアはしっかり言い返した。

本当はジュストに生意気なところを見せたくはなかったが、このまま伯爵に屈するのは悔しかったのだ。

そこに、メラニアが無邪気に割り込む。

「お父様、たねもみって何のこと？」

「私たちが食べているこのパンなどの原料となる作物の種のことだよ」

「ふーん。何だか面倒くさそうね」

メラニアの呑気な質問にルチアがほっとしたのもつかの間、興味のなさそうな返事に苛立った。

しかし、貴族女性とは本来こういうものなのだろう。

だからこそ、ルチアは可愛げがないと言われるのだ。

「作物を育て、収穫し、そして食べられるように加工するまでには、とても面倒くさい工程があり、多くの人が関わっているのです。ですから私たちはその恵みに感謝すべきでしょうね」

「さすがオドラン王国の将来の王妃となる予定であった方はおっしゃることが違いますなあ」

今度ばかりはアーキレイ伯爵の嫌味に、ルチアはひゅっと息をのんだ。

伯爵はルチアが王太子に婚約破棄されたことを持ち出して言い負かそうとしたのだろうが、それは現夫であるジュストを侮辱したも同然だった。

ルチアはジュストに恥をかかせてしまったことが申し訳なく、何も言い返せないでいた。

同席しているエルマンたちも珍しく口を閉ざし、沈黙が落ちる。

そこにジュストの笑い声が響いた。

「では、私は最高の妻を得たわけだ。おかげで倉庫の半分を籾殻で埋めずにすんだのだから」

ルチアはジュストの言葉に驚き、思わずカトラリーを落とすところだった。

夢ではないのかと今のジュストの言葉がぐるぐる頭を回り、そこではっとする。

前半部分に気を取られてぼうっとしてしまったが、肝心なのは後半なのだ。

(危ない、危ない。もう少しで陛下が私のことを本当に最高の妻だと思ってくれているのかと勘違いするところだったわ)

ルチアは浮かれそうになる自分を戒め、周囲を観察した。

メラニアは信じられないという表情をしているが、伯爵は自分の失言に気づいて顔色を悪くしている。

ニコルは満面の笑みを――意地悪そうな笑みを浮かべ、シメオンはいつも通りの無表情。
そこでにこやかに微笑むエルマンと目が合ってしまった。

「そうですね。私も一部しか確認しなかったために、奥様が指摘してくださらなかったら、気づけませんでした。奥様、ありがとうございます」

エルマンにまで持ち上げられるようにお礼を言われて、ルチアはきっちり状況を理解した。
穀物などの納入は通常、無駄な労力を省くために一部を抜粋して確認するものだ。
その一部を伯爵側は意図的に選ばれるように細工していたのだろう。
ジュストは微笑みながらも伯爵に鋭い視線を向けており、今回のことが作為的だと理解していることを伝えていた。

（よし！　伯爵は敵認定でいいのね。メラニア様も愛人候補ではなかったみたい。では、ここからも悪女の出番！）

ルチアは気合いを入れつつ、伯爵の出方を窺った。
伯爵の発言ひとつ、表情ひとつで本気で敵対する気があるのか――叛意《はんい》を隠しているのかがわかるだろう。

「今回のことについては、非常に申し訳なく思っております。何かの手違いがあったようで、過ちを犯した者にはしっかりと責任を取らせます。また不足分につきましては、後日運ばせますので、ご安心ください」

前世でもよく聞いた言い訳。

自分の失敗とは絶対に認めず、大した謝罪もせず、他者に責任を押しつけるやり方。

ルチアは完全に伯爵が嫌いになった。

「責任とはどのようなものなのでしょうか？」

「はい？」

「責任を取らせるとはおっしゃるけれど、どういったものでしょう？　もし今回のことに気づかないままでいたら、種蒔きの時期になって慌てることになったかもしれませんよね？　その場合、どうにか種籾を集めることができても、発芽させるのが遅くなってしまいます。収穫が遅くなるだけならまだしも、天候次第では収穫できなかったのですよ？　それでは民はまた餓えを我慢しなければならなくなってしまいます。それで、責任とはどういったものなのでしょう？」

「そ、そんなことにはなりませんよ。すぐに残りの種籾をご用意すると申しているではないですか！」

ルチアが問い詰めると、伯爵は怒鳴るように反論した。

それでもルチアは冷静に切り返す。

「なぜそう言い切れるのですか？　今回の原因について調べたのでしょうか？」

「それをこれからやると申しておるのです！　そして責任を取らせると約束します！」

「ですから、その責任を取るというのがどういうものなのです？　減給？　降格？　解雇？」

「然るべき処分をします！」

ルチアの質問に追い詰められたのか、伯爵は食事中にもかかわらずテーブルをどんっと叩いた。

その勢いでルチアのグラスが倒れる。

ルチアはふふっと笑って、グラスを戻した。

いったい何が『然るべき』なのか、おじさんたちが秘密で持っている『都合のいい言葉辞典』にでも載っているのだろうかと思うとおかしかった。

「何がおかしいのです？」

「伯爵はずいぶん甘い方なのですね」

「何ですと⁉」

「あら、失礼。言い方を間違えてしまいましたわ。とてもお優しい方だと、伝えたかったのです」

「ええ。お父様はとても優しいのよ」

伯爵は国王の前であることを忘れているかのように、無作法を謝罪することもなかった。

苛立ちをぶつけられたルチアは、さらに煽るように嫌味で答える。

しかし、そのことにメラニアは気づかず、得意げに頷いた。

「やはり身内に優しい方でしたら、ご自分に仕えている方への処分も甘くなるのではないかしら。今回のことは厳正に調査すべきことですし、私に任せてください」

「いくら奥方様といえど、手出しは無用です！　少しばかり手柄を得たとはいえ、出しゃばりがすぎるのではないですか！」

「アーキレイ伯爵。あなたは先ほどから私の妻に対して無礼がすぎないか？」

再び伯爵が怒鳴ると、今まで沈黙を貫いていたジュストが口を開いた。

その声は冷ややかで表情は厳しい。

途端に、伯爵は笑顔を浮かべて大げさな謝罪を始めた。

「も、申し訳ございません。陛下にはご不快な思いをさせてしまいました。ですが、奥方様があまりに理不尽なことを申されるので、少々興奮してしまいました」

伯爵の謝罪も言い訳もルチアではなく、ジュストに向けたもの。

いつの世も、どこの世界でも似たようなもので、そんなことはどうでもよかった。

ジュストは再びルチアを庇ってくれたのだ。

こんなにはっきりと味方でいてくれる人など今までいなかった。

さらにジュストから優しい笑顔を向けられ、ルチアは悪女の演技を忘れて微笑み返した。

「ルチアは厳正に調査すると言っただけだ。それのどこが理不尽なのか教えてくれ」

「そ、それは……私の使用人のことですから、私にお任せくださるのが筋でしょう？　奥方様には関係のないことです」

どうにか言い逃れようとする伯爵の言葉を聞いて、ルチアは気持ちを引きしめた。

最後まで悪役に徹しなければと、伯爵への詰問を続ける。

「――関係ない？　本当にそう思っているのですか？」

「ええ、もちろんです。今回の手違いは残念なことでしたが、おそらく伯爵領内で種籾を袋詰めするときに不幸にも間違いが起こってしまったのでしょう。ですから、伯爵領内での収穫物の管理体制を見直す必要があるだけの話です」

「冗談でしょう？　たとえ伯爵領内での袋詰めが原因での手違いであったとしても、すでに上納したのです。それのどこが不幸な間違いで終わらせられるのですか？　そもそも、まだ原因は調査できていないのですよね？　だとすれば今回のことがただの手違いではなく、どこかの不届き者がこっそり種籾を盗んで籾殻で誤魔化していたとしたらどうします？　一度は上納すると約束した不足分を補えるのですか？」

「できますとも！」

「ずいぶん自信を持っていらっしゃるのですね。あれだけの量の手違いが発生するほどなのに、伯爵は本当に領内の収穫物について把握しているのでしょうか？」

「しておりますよ。常に怠ることなく、管理人からの報告をきちんと受けておりますからね」

「ですが、実際に手違いが発生したわけですよね？　管理人からの報告を受けているだけでしたら、わざわざ伯爵を通さずとも、その管理人から事情を聴けばよいわけですから、できるだけ早く会わせていただけますか？」

「ば、馬鹿なことを……」

ルチアに追い詰められて、伯爵はもう返す言葉がないようだった。

メラニアはふたりのやり取りにわけがわからないといった顔をしていたが、伯爵の様子を見てルチアを睨む。

先ほどから誰も食事をしておらず、ニコルは笑いを堪えているのか、ずっとむせていた。

「ルチア、あなたが管理人に会う必要はない」

感情の窺えない静かなジュストの声に、ルチアははっとした。

やはり出しゃばりすぎてしまったのかと、ルチアはおそるおそる視線を向けた。

先ほども割り込む形で始めた伯爵への詰問にジュストが腹を立てているのかもしれない。

しかし、目が合ったジュストに怒りは見えなかった。

「そうですよね！　やはり陛下も奥方様がわざわざ調査をする必要はないとお思いですよね!?」

伯爵はぱっと顔を輝かせ、歓喜するように声をあげた。

ところが、ジュストは冷ややかに伯爵を見る。

「今回の件については妻の言う通り悪質な犯行の可能性が大きい。ならば我々が調査すべきだろう。よって、今すぐにでも管理人及び関係者を拘束して調査する。ニコル、悪いが伯爵領へ向かってくれ」

「了解です」

「エルマンには城に随行してきた関係者たちを任せる」

「かしこまりました」

「シメオンは万が一を考え、城から逃げ出す者がいないか、警備を強化してくれ」

「承知いたしました」

次々と指示を出すジュストに、伯爵とメラニアは呆気に取られている。

ルチアもまた、予想外の展開にどうすればいいのかわからず混乱していた。

そんなルチアに、ジュストは立ち上がると近づいて手を差し出す。

「今日は疲れただろうから、もう休んだほうがよい。部屋まで送ろう」

「……ありがとうございます」

晩餐の終わりを決めるのも、主催者であるジュストの役目だ。

作法としては酷いものだったが、この国の王であるジュストを咎める者はいない。

ルチアは夢を見ているような気分でジュストの手を取り、挨拶もそこそこに部屋へと向かった。

「今夜は疲れただろう？　だが、もう少しだけ付き合ってくれないか？」

ルチアの部屋の前まで送ってくれたジュストは、そう言って中まで入ってきた。

断るつもりはもちろんなかったが、さすがにルチアも戸惑いを隠せなかった。

それは部屋で待機していたマノンたちも同様で、ジュストの姿を認めて慌てる。

「急にすまないな。ルチアの好きなお茶を用意してくれたら、君たちは下がってくれてかまわない」

マノンはわずかにためらったが、ルチアの様子を見て大丈夫だと判断したのか、頭を下げてお茶の用意に出ていく。

ジュストはその一瞬のやり取りに気づいたのか、ふっと笑った。

「あなたにショーンティ公爵家で絶対的な味方がいたようで安心したよ」

「え……？」

「いや……この国に、この城に来てからのあなたをずっと不当な扱いをしていた私に言えた立場でないのはわかっている。すまなかった」

「い、いえ……。私の噂をご存じなら警戒なさるのも当然のことですし、陛下が謝罪なさることではございません。むしろ、お気にかけていただけて嬉しいです」

マノンたちの慌て様を見たからか、ルチアは逆に落ち着くことができ、ジュストの言葉にもなかなか上手く対応できた。

席を勧めながら満足したルチアだったが、ジュストはかすかに顔をしかめている。

(今の返事として失敗だった？　やっぱり可愛げがなかった？　でも正解がわからない……)

内心では焦りながらも、ルチアの笑顔は完璧だった。――そのはずだった。

しかし、ジュストはじっとルチアの顔を見て、困ったように笑う。

「私はあなたに無理をさせているようだな」

「……はい？」

「ずっと好きだった相手に……その、結婚できなくなったばかりか、いきなり別の男と結婚しなければならなくなったのだから、当然だろうな。しかも慣れない土地に嫁ぎ、見知らぬ者たちに囲まれたというのに、本来なら頼りにならなければならない夫である私は、あなたに冷たかった。本当に申し訳なかった」

「いいえ！　ですから、私は大丈夫です。本当に……マノンたちもいてくれましたし、ここの人たちも最初は戸惑っていたようですけど、今では受け入れてくれていますから。ですがそれも、陛下のお人柄のおかげだと思います。ありがとうございます」

実際、最初こそエルマンたちの態度も悪かったが、今では普通に接してくれている。

使用人たちも同様で、それもジュストが王城に戻ってきてからだった。

きっと皆がジュストに忠誠を誓い、信頼しているからだろう。

ルチアが座ったまま頭を下げると、ジュストは両手で顔を覆ってため息を吐いた。

「いや、私はあなたにお礼を言われるようなことは何もしていない。嫌われても仕方ないと思っているんだが……とにかく、あなたに味方がいてくれて本当によかった。彼女たちには、私たちも助けられている」

また失敗してしまったのだろうかと心配するルチアに、ジュストは両手を下ろして微笑んだ。

その笑みは優しさに満ちている。

（ダメダメダメダメー！　これ以上は本当に好きになってしまう！　推し相手に本気になってはダメ！　私は優しさに弱いんだから！）

自分が二番目以降にしかなれないのはわかっている。

だからもう好きな人は作らない。恋はしないと決めているルチアは、目の前に座るジュストから視線を逸らした。

（これなら初対面のときのまま、冷たい態度でいてくれたほうがよかったのに……）

冷たくされるのは慣れている。だが優しくされるのは慣れていないのだ。

ルチアがこの状況に困惑していると、マノンがお茶の用意をして戻ってきた。

ほっとするルチアを見てジュストが悲しげな表情になる。

そんなジュストにルチアは気づかなかったが、マノンは見逃さなかった。

マノンの視線に気づいてジュストがふっと微笑む。

「ありがとう。マノンだったかな？　遅い時間に悪いな」

「――そのようなお言葉をいただき、恐縮でございます」

使用人にまできちんと労うジュストの心遣いにルチアがきゅんとしている間に、マノンは下がってしまった。

途端に心許なくなり、ルチアは黙ってお茶を飲んだ。

いったい、この時間は何なのだろうと不安になる。

先ほどまでの会話が前置きでしかないことはルチアにもわかっていた。

ジュストも黙ってお茶を飲んでいたが、カップを置いた音にルチアはびくりとする。

「……私が怖いだろうか？」

「え……い、いえ！　違います！　その、えっと、慣れていないので……」

ルチアは優しくされることに慣れていないと答えたつもりだった。

だが、ジュストは私室にふたりきりでいることだと捉えたようだ。

「心配しなくても、いきなり襲ったりはしないから安心してほしい。それに名目上は夫婦なのだから、誰に咎められることもないだろう？」

「……そうですね」

元公爵令嬢としては当然の心配だろうとジュストは理解を示してくれたが、ルチアは『名目上』という言葉にがっかりしてしまった。

わかっているつもりなのに、あまりにもジュストが優しく、どうしても期待してしまっていたらしい。

（ホント、私って前世から学習能力ないなあ。ちょっと優しくされるとすぐ舞い上がるんだから）

こうやって自分を戒めるのも何度目だろう。

さっさとこの時間を終わらせてしまおうと、ルチアは口を開いた。

「先ほどは、アーキレイ伯爵の真意を探るためとはいえ、差し出がましい真似をして申し訳ありませんでした」

再びルチアが頭を下げると、ジュストは驚いたようだった。

しかし、すぐに首を横に振る。

「頭を上げてくれ、ルチア。むしろ私は礼を言いたいのだから」

遠慮がちにルチアが顔を上げると、ジュストはほっとしたようだった。

ジュストたちが〝悪魔〟だとの噂は、この城で過ごしているうちに反逆者たちが流したものだとはわかっていたが、ここまで優しい人だとも思ってもいなかった。

それでなくても顔がいいのに、優しく微笑まれるとどうしても惹きつけられる。

ルチアは正気を保つために――要するに、好きになってしまわないように、両ひざの上で手を重ねてこっそり足をつねった。

「だが、やはりあれは意図的な態度だったんだな。私が知るあなたとはあまりに違うから、はじめは驚いたよ」

「……意図的だったのは確かですが、すべてが演技というわけでもありません。伯爵に言い負かされるのは嫌でしたし、あの場で口にしたことは本音でもあります。よく生意気だとか可愛げがないとか言われますが、それが〝悪女〟の正体なんです」

ルチアは悪戯っぽく笑ったが、ジュストの顔から笑みは消えていた。

調子に乗って言わなくていいことまで言ってしまったが、ジュストは〝悪女〟のことを思い出して気分を悪くしたのかもしれない。

だが、嫌われるほうが楽に生きられるのだからこれでいいのだとルチアは無理に微笑み続けた。

すると、ジュストはまた困ったように笑う。

「あなたは〝悪女〟だとして、私は〝悪魔〟だと呼ばれている。だが残念ながら私には魔法も人の心を操ることもできない、ただの人間でしかない。噂とはそんなものだろう？　人は自分に都合のいい話しか信じないし、都合のいい嘘を吐く。アーキレイ伯爵のように」

「だからこそ、陛下にはこれからいい噂が流れてほしいのです。この城の者たちは陛下と直に接し、お人柄を存じ上げているので誤解はありませんが、民には――反乱の拠点となった土地では民たちも陛下を恐れているでしょう。恐怖政治では長く続きません。この先、争いが起こらないようにするためにも、陛下は慕われるべきなのです」

「それはなかなか難しいだろうな。実際に反乱を鎮圧するためとはいえ、多くの者を殺めたのも事実だ。恨みを買うのもまた王たる者の宿命だろう」

「今すぐに無理なのは当然です。ですが、人は都合よく忘れるものでもあります。悲しみと苦しみから生まれる怨嗟《えんさ》も、幸せに満たされれば忘れてくれます」

「――なぜ、オドランの王太子はあなたほどの人を手放したのだろうな。私からすれば愚かとしか言いようがない」

「それは――」

「庇いたくなるのはわかるが、今はやめてくれ」

ルチアはジュストが噂を今はもう信じていないことがわかって嬉しかった。

それでも噂は民の情報源であり、ジュストが王としてこの国を統《す》べていくには必要なものだとルチアは訴えた。

それが元婚約者であるジョバンニの話になり、困惑したルチアは話題を変えようとしたが、ジュストに遮られてしまった。

もちろん庇うつもりはなかったのだが、話の流れがつかめない。

「私ははじめ、あなたの噂を聞いて警戒するあまり酷い態度を取ってしまった。そんな私が言えることではないが、あなたはとても聡明な人だと思う。ならば、オドラン王国からの間者ではないかと疑うべきなのだろう。でなければ、話がうますぎる」

これはスパイとして疑われているということなのかと、ルチアは納得した。

やはりそんなものかと不思議と安堵したルチアだったが、続いたジュストの言葉にまた混乱する。

「だが私は、あなたを信じたいと思う」

「え……」

「そもそも他国から花嫁を迎えるというのはそういうことだろう？　今さらそれはどうでもいい。そんなことよりも、私はあなたを悪女として利用するつもりはない。だからもうあのような真似はやめてくれ。あなたが恨みを買ってしまう」

「ですが、それでは私は……何をすればいいのですか？」

この国で〝悪女〟として振る舞い、アーキレイ伯爵のような貴族たちの腹の内を探れば、ジュストたちの役に立てる。

二番目以下でも存在価値があると、必要だと思ってもらえるとルチアは考えていた。

それなのに何もしなければ、持参金以外に何の価値もないただのお荷物になってしまう。

「私は、ありのままのあなたをこの国の者たちに知ってもらいたいと思う」

「ありのまま……？」

「ああ。公爵家の元使用人たちは、あなたを知っているからこそ慕ってついてきたのだろう？

そしてこの城の者たちもあなたに惹かれ始めている。私は、今夜のあなたも……その、とても素敵だった」

「私がですか？」

「アーキレイ伯爵をあれだけやり込める者はそういない。ずっと笑いを堪えるのに必死だった。それに、あなたが伯爵の使用人たちを直接調査すると言い出したのも、伯爵に任せていたら証拠を隠蔽しかねないからだろう？　巧みな話運びは見習いたい」

そう言って、ジュストは楽しそうに笑いだした。

どうやらルチアと伯爵のやり取りを思い出しているらしい。

ルチアもあのときの伯爵の顔を思い出し、つい笑ってしまった。

すると、ジュストは満足げな嬉しそうな顔でルチアを見つめる。

「勝気なあなたも魅力的だが、笑顔もよく似合う」

「わっ、ありがとうございます……」

思いがけない褒め言葉に、ルチアは変な声を出してしまった。

慌ててお礼を言うが、顔が赤くなるのは止められない。

恥ずかしくて俯いていたルチアは、ジュストも顔を赤くしていることに気づかなかった。

「それで、その……もうひとつ確認したいことがあるんだが……」

「は、はい。何でしょうか？」

事務的な話ならきちんとできる。

ほっとしてルチアが顔を上げたときには、すでにジュストも平静さを取り戻していた。

「あなたはなぜ、伯爵が運び込んだ種籾に籾殻が混じっているとわかったんだ？」

「ただの偶然です。伯爵を出迎えた後、翼棟の部屋から伯爵の一行を眺めていて、荷車が貯蔵庫の方へ向かっているのに気づきました。種籾が必要なことは、オドラン王国からの道中で私も感じていましたから、陛下が伯爵に会いに行かれたのも、それが理由かと納得しました。荷車に積載されているのがすべて種籾なら、十分に必要数を賄えるなと考えていたとき、荷車から袋がいくつかなだれ落ちたんです」

「うん、それで？」

得意な話題に安心して、ルチアは一気に話し始めた。

ジュストは真剣に聞き、続きを促す。

「袋の落ち方が不自然で、気になりました。荷車を押していたのは細身の男性だったんですが、落ちた袋を軽々元に戻しているのを見て、確認するために私も貯蔵庫に向かいました。ひょっとして種籾ではないかもしれなかったですから」

「そこでエルマンに確認したのか」

「はい。そして、荷車から下ろしている様子を見て、やはり袋の中身は種籾だけにしては軽すぎると確信しました」

「そういうわけか……。すごいな。エルマンもだが、私も袋を外から見ただけでは気づけなかった。本当に助かったよ。ありがとう、ルチア」

ルチアは返事こそしなかったが、ぱっと顔を輝かせて頷いた。

裏も何もないジュストの素直な感謝が伝わり、ルチアは純粋に喜んだ。

こんなに手放しで褒められたのも感謝されたのも初めてかもしれない。

ジュストのような高い身分の者たちは、享受するのが当然であり、ルチアの努力が認められることはなかった。

「もし調査の結果、種籾が不足するようでしたら、おっしゃってください。きっと調達してみせますから」

「……そのときはお願いするよ」

ルチアは浮かれてもっと役に立とうと熱を込めて提案した。

しかし、ジュストの返事はあっさりしたもので、途端にルチアも冷静になる。

（また調子に乗っちゃった……）

自省してすぐに気を取り直し、笑顔を取り繕う。

それでも内心ではお布団を被って隠れてしまいたいくらいだった。

「まだまだあなたに話を聞きたいところだが、今夜はもう遅い。またエルマンたちも交えて話をしたいがよいだろうか？」

「はい。もちろんです」

気まずい思いをしているルチアをフォローするように、ジュストが優しく微笑んで言う。

今度こそ浮かれないよう気をつけ、ルチアは落ち着いて答えた。

そして、立ち上がるジュストに続く。

「今日は一日大変だったろう。明日の朝は特に何もないから、ゆっくり休んでほしい」

「ありがとうございます」

廊下に出る扉までルチアは見送ると、ジュストは取っ手を握ったまま振り向いた。

どうしたのかと不思議に思ったルチアの頬にジュストがそっと触れる。

（キスされる……！）

とっさにそう思い、目をぎゅっとつぶったルチアは、ジュストの手が離れていくのを感じた。

慌てて目を開けると、ジュストは扉へと向いている。

恥ずかしすぎる勘違いをしたルチアは、もうまともにジュストの顔を見ることができなかった。

そんなルチアの耳に、低く甘い声が届く。

「おやすみ、ルチア」

何と答えたのか、それとも答えなかったのか、ルチアにはわからなかった。

我に返ったときにはジュストはもうおらず、マノンに声をかけられている。

「ルチア様、大丈夫でしょうか？」

「……大丈夫」

本当は全然大丈夫ではなかった。

あれだけ好きになってはいけないと自分に言い聞かせ、推しだと誤魔化していたのに、無理だったのだ。

今回もきっとこの恋は本当の意味で成就することはないだろう。

たとえ夫婦でも、契約でしかないのだから。

（陛下は優しい人。社交辞令も言うし、他人の評価をきちんとして認めて褒めるし、労える人。時には厳しく、残酷にさえなったとしても、それは為政者としてすべて必要なもの。だから私は、認めてくれさえすればそれでいい。陛下のために頑張ろう！）

ベッドに入ったルチアは呪文のように唱えながら、居間に続く扉とは反対側の扉を見つめた。

その扉はおそらくジュストの寝室へと繋がるはずなのだ。

だが一度も開いたことはない。

先ほどもジュストは使用しなかったし、これからずっと開くことはないかもしれない。

（でもきっとそのほうがいいわ。もし体の関係を持ってしまったら、この気持ちはもう止められないもの）

国が安定したら――オドラン王国からの影響をいっさい受けつけないほどの力をつけたら、

離縁を申し出よう。

そして臣下にしてほしいと願えばいいのだ。

ジュストに認められ、今までで一番現実的な解決策が見つかったルチアは、これからこの国のために何ができるか考えながら眠りについたのだった。

＊＊＊

ルチアの部屋の隣にあるジュストの居室には個人的な書斎がある。

ジュストは書斎の机の前に座ると、鍵付きの引き出しを開け、とある本を取り出した。

その本はもちろんニコルに押しつけられた『恋愛指南書』である。

ジュストは栞代わりの紙片を挟んであるページを開いて、もう一度読み始めた。

章のタイトルは『意中の相手に意識してもらうための仕草十選』。

――常に笑顔でいることを心がけましょう。

その項目を読んで、ジュストは先ほどのことを思い返した。

晩餐からできるだけルチアに笑顔を向けていたつもりではある。

伯爵のねちねちとした嫌味に怯むことなく、機転が利いたルチアの会話は聞いていて楽しかった。

しかし、元婚約者であるオドラン王国の王太子の話になると途端にルチアは口を閉ざしたのだ。

やはりまだ好きなのだろうと思うと胸が苦しくなったが、それでもどうにかその場を笑って流したものの、上手く笑えていた自信がない。

その後にふたりきりで話をしたとき、自分から王太子の話を持ち出したことも失敗だった。

「難しいな……」

ジュストはひとり呟いて、大きなため息を吐いた。

これがいわゆる嫉妬というものなのだろう。

ジュストは初めての感情とうまく折り合いがつけられず、時々笑顔を忘れてしまっていたのだ。

(それに、彼女は――ルチアは自己評価が低すぎないか？)

次の項目にあるのは『相手を褒めましょう』というもの。

それならいくらでも実践できると、さり気なさを装って何度か褒めてみたが、そのたびにルチアはうろたえているようだった。

(オドラン王国では……王太子どもは何をやっていたんだ……)

ルチアは笑顔でいることが多いが、どこかぎこちなく感じることが多い。

それでも時々、心から笑っている。その笑顔を見ると、ジュストまで嬉しくなってくるのだ。

（もっと笑ってもらうにはどうしたらいいんだろうか……）

何かヒントはないかと、ぺらぺらページをめくっていると、ノックの音が響いた。

ジュストの私室であるこの書斎に来る者は限られている。

入るように促せば、明らかに機嫌のいいエルマンが現れた。

「関係者の確保はすんだのか？」

「はい。首尾よくいきましたよ。本格的な聴取は明日から始めますので、今はシメオンの部下に見張らせています。あ、もちろん丁重に扱っていますよ」

エルマンは心から楽しんでいるように見える。

明日からエルマンに詰問されることになる伯爵の部下たちを、ジュストは気の毒に思った。剣を握らないエルマンが〝悪魔〟と呼ばれるようになったのは、ジュストやニコルたちと常に一緒にいるからではない。

「ニコルはすでに一個隊を引きつれて伯爵領に向かっています。先日の訪問時に潜伏させていた者たちともすぐに合流するでしょう。伯爵とメラニア嬢は怒り心頭といったところですが、ここでは喚き散らすくらいしかできませんからね。伯爵の騎士たちもおとなしくしていますよ」

「まあ、予定通りだな。だがそれも、ルチアがきっかけを作ってくれたから、こんなに早く動くことができた」

「ええ、本当におっしゃる通りです。それで、ジュスト様のほうはどうでしたか？」

エルマンから報告を受けたジュストは、改めてルチアがどれだけ貢献してくれたか実感していた。

今までルチアへの疑いを抱き続けていたエルマンも同意して頷く。

そしてそのまま、ルチアの話題に移った。

「……いろいろと話ができた。ルチアは種籾が入った袋を見て、その不自然さに気づいたそうだ。ショーンティ公爵領の発展も納得だな。伯爵への態度もやはり故意的だったらしい」

「だとすれば、オドラン王国側は何を考えているのでしょう？　それだけ優秀な方を手放すなど不自然です」

「間者だと疑っているなら今さらだろう？　しかも、わざわざ〝悪女〟だとの噂を流した意味がわからない」

「そうですね……。ご存じの通り、私もはじめは奥様を疑っておりました。わざわざ莫大な持参金をつけてまで他国に嫁がせるなど、どう考えても怪しい。おっしゃる通り、間者だとすれば〝悪女〟の噂は不利でしかない。ならばやはり手に負えないほどの〝悪女〟なのかと思っておりましたが……。今は単にオドラン側が馬鹿でしかないのかと思っております」

「同感だ」

ついにエルマンもルチアを認めたらしい。

それだけで、ジュストまで嬉しくなったが、気がかりはある。

「私が思うに、ルチアはオドランでは正当に評価されていなかったのだろう。彼女は自己評価が低すぎる」

ジュストがため息交じりにぼやくと、エルマンは机の上で開かれたままの本をちらりと見た。

エルマン相手には今さら指南書を読んでいることを隠したりはしない。

「そこに書いてあるように、褒めてはどうですか？」

「もちろん実践している」

「笑顔もまあ……怖いくらい頑張っていらっしゃいますしねえ。安心させてあげるというのは？」

「ふたりきりでいるのは慣れないようだったが、何もしないと――襲ったりはしないと冗談交じりに伝えてみた。その後は笑い合うこともできたぞ」

その冗談はむしろ逆効果だったのではないかとエルマンは思ったが、とりあえず黙っていた。

エルマンも恋愛に関しては初心者で、同じように指南書を読んでいるだけなのだ。

どうしたものかと考え、次の項目を指さした。

「この『好きとはっきり伝えましょう』というのは、どうでしょう？　ジュスト様から言われれば、誰でも応えてしまいそうですが……」

さすがに自己評価が低くても、異性から好きだと言われれば多少なりとも心揺らぐはずだ。

ジュストなら軽率に口にする言葉ではないと、ルチアでもわかるはずだろう。

しかし、ジュストは気まずそうに目を逸らした。

「……実践して失敗したのですか？」

「失敗というほどではない。ただ、その……皆が惹かれているとは言えたが、それ以上はまだ私には難易度が高かった」

「確かに……」

今まで一方的に好意を向けられることはあっても、向けることはなかったのだから、いきなり「好き」などと言えるはずがない。

エルマンも同じ状況なら言える自信はなかった。

「この『相手の体に軽く触れましょう』っていうのは、どうなんでしょうかね。私が読んだ指南書には『女性に触れるときには慎重に』とありましたよ？　いきなり何とも思っていない相手に触れられると嫌悪してしまうこともあるそうです」

「え？」

「え？」

エルマンの言葉にジュストが驚きの声をあげる。

つられてエルマンもあげ、その場に沈黙が落ちた。

「……触れたんですか？」

「別れ際に、頬に軽く……」

「キスを?」

「いや、手で……」

「あ、ああ！　それくらいならありではないですか?　おふたりはご結婚なさっているんですから」

エルマンは何を考えていたのか、ジュストの返答にほっとしている。

ジュストはあのときのことを考え、あそこでとどめておいてよかったと安堵した。

触れるつもりはなかったのだが、何となく離れがたくてつい手が伸びてしまったのだ。

ルチアはいきなり触れられたことに驚いたのか、ぎゅっと目をつぶった。

その姿が可愛く、思わずキスしてしまいそうになったが、どうにか踏みとどまった自分を褒めたい。

（いや、待てよ。ひょっとして目をつぶったのは嫌悪からでは……?）

ジュストはルチアに何もしないと約束しておきながら、触れてしまったのだ。

たとえ夫婦だとしても、契約結婚だと思っているらしいルチアにとっては、想定外だったかもしれない。

ジュストは目の前の本をめくり始めた。

「何をなさっているのですか?」

「嫌われたかもしれないときの対処法を探している」

「すべてに目を通されたのでは？」

「見逃しているかもしれない」

エルマンに突っ込まれながらも、ジュストはページをめくった。

しかし、記憶にある通り、嫌われたかもしれないときの対処法などはなかった。

「ジュスト様、まだ嫌われたかは決まっておりません。それに手を触れるなどは大丈夫かと思います。奥様も今までに立場上、手の甲に口づけされることもあったでしょうから」

エルマンは励ましのつもりで言ったのだろうが、ジュストは例のもやもやする気持ちになってしまった。

ルチアに別の男が触れたのかと想像するだけで腹立たしい。

「とにかく、おふたりには圧倒的に会話が足りない気がします」

「それなら、まだまだ話を聞きたいと伝えている。エルマンたちも同席してもらうつもりだ」

「……では、明日にでも始めましょうか」

「そうだな。彼女なら伯爵の処分をどうするのか、考えを聞くのも興味深いな」

そうじゃないと、ニコルがいたなら突っ込んだろう。

あれでニコルも役に立っていたんだなと、エルマンは考えつつ何も言わなかった。

「それでは明日、時間を調整して話し合いの場を設けましょう」

「頼む。だが、午前はやめてくれ。ルチアにはゆっくり休んでほしいからな」

「……わかりました」

予想以上に重症だなと、エルマンは答えながら思った。

今までにないほどジュストは機嫌がよくなっているが、おそらく自覚はないだろう。

エルマンは書斎を出ながら、ジュストの初恋が実るよう応援することを決めたのだった。

第八章

翌日、午後のお茶にジュストから誘われたルチアは喜んだ。

昨夜のジュストの言葉は社交辞令ではなかったのだ。

そして期待はしないと自分に言い聞かせながらも、男性が好むらしいドレスと髪型に結い上げ、指定された部屋へと向かった。

そこにエルマンとシメオンが同席していても驚きはしなかったが、ジュストから本当に意見を求められたときには驚いた。

「――ルチア、あなたはもしアーキレイ伯爵領に必要数の種籾がなければどうする？　できれば金の支払いは避けたい」

「私は……」

目の前には甘いお菓子が並べられているが、話題は甘さとはほど遠いもの。

昨夜調子に乗って種籾の調達なら任せてほしいというようなことを言ったが、その考えを口にしてもいいものかとためらった。

しかし、ジュストもエルマンも返答を待っている。

「その、正直なところ、アーキレイ伯爵が陛下と約束したほどの種籾を蓄えていたとは思えません。この数日、この国の過去の作物収穫量などの記録をあるだけ目を通しましたが、おそらく内乱のどさくさに紛れて他領へ流していたのではないかと疑っています。ですから、ニコルが持ち帰ってくるのは種籾ではなく、伯爵が貯めこんでいると思われる資産ではないでしょうか。ですから、不足分は伯爵に買い付けさせるべきだと思います」

「なるほど……」

ジュストはよくある納得の言葉を呟き、ちらりとエルマンを見て頷いた。

応えて、エルマンが話し出す。

「今朝から始めた伯爵の部下への簡単な聴取で、奥様がおっしゃったこととほとんど相違ない内容の供述を得ております。ニコルが戻れば、それもはっきりするでしょう。ですから、私も奥様のおっしゃる通り、伯爵の貯めこんでいる資金で種籾を買い付ければよいかと思います」

今朝からの聴取で伯爵の部下からそれだけのことを聞き出すのに、本当に簡単なものだったのだろうかとルチアは思ったが口には出さなかった。

それよりもエルマンがルチアの意見に賛成してくれたことが嬉しい。

喜びを噛みしめていると、エルマンは初めて見るような嘘のない笑顔をルチアに向けた。

「昨夜のことといい、奥様の見識には感服いたしました。また、昨夜は申し上げることができませんでしたが、奥様のおかげで手っ取り早く伯爵の虚偽報告と不正を暴くことができましたこと、お礼申し上げます」

エルマンがルチアに頭を下げると、シメオンも黙ったまま倣った。

感謝されることに慣れていないルチアは、どうすればいいのかわからず助けを求めて隣に座るジュストに視線を向けた。

すると、優しく微笑むジュストと目が合う。

「昨夜も言ったが、私たちは本当にルチアに感謝しているんだ。ありがとう」

「い、いえ……」

「ルチアはもっと胸を張っていいんだ。何なら、籾殻が混じっていたことを見抜けなかった私たちを詰《なじ》ってくれてもいい。それだけの功を成してくれたんだから」

そう言って、ジュストはルチアの手を取り口づけた。

手の甲にキスされることなど今までにも何度もあったのに、なぜか特別な気がして、ルチアの心臓はうるさいほど激しく打ち始める。

はっとして顔を上げると、エルマンはにこにこしながら見ており、シメオンは黙々と菓子を食べていた。

シメオンはどうやら甘党らしい。

そんなどうでもいいことを考えていたとき、言い争うような声が聞こえたかと思うと、勢いよく部屋の扉が開かれた。

「陛下！　いったいどういうことです⁉」

びくりとするルチアの手をジュストは握る。

たったそれだけなのに、大きく温かなジュストの手に守られているような気持ちになれた。

「いったい何のことだ？」

闖入者であるアーキレイ伯爵に問い返したジュストの声は、温かな手と違って冷ややかだった。

ジュストの声と顔つきは不機嫌そのもので、初対面のときの冷たいと思っていた態度が大したものではなかったと気づく。

「私は今回、陛下の招待を受けてわざわざこんな場所にまでやってきたのですよ!?　だが、部屋に閉じ込められ、犯罪者扱いではないですか！　籾殻が混じっていたのは、私のせいではない！　親切心から種籾を無償で譲ろうとしたのに、恩を仇で返すとはこのことですな！」

ルチアは昔から男性の怒鳴り声が苦手だった。

ジョバンニに婚約破棄されたときも、父親から詰られたときも、強がってはいたが本当は逃げ出してしまいそうだったのだ。

今もいつもなら怯えていただろうが、ジュストのおかげで強くいられた。

しかし、伯爵はジュストの隣にいるルチアに気づいた途端、さらに恐ろしい形相になる。

「お前だ！　お前のせいで、私は濡れ衣を着せられたんだ！　この悪女め！」

「っ、私は――」

「大丈夫だ、ルチア。あなたが相手をする必要はない」

何とか言い返そうとしたルチアの手をぎゅっと強く握り、ジュストは顔を寄せて優しい声で囁いた。

そんな場合ではないのに、ルチアは耳まで赤くなる。

「アーキレイ伯爵、妻を愚弄するのはやめてもらおう。これ以上何か言うようなら、拘束させてもらう」

「何を言うか、この若造が！　私が声をかければ、諸侯は再び立ち上がるぞ！」

「伯爵、今の発言は叛意ありと判断させていただきます」

ジュストが厳しい声で忠告したが、アーキレイ伯爵は怒りを爆発させた。

すぐさまエルマンが宣言し、いつの間にか伯爵に近づいていたシメオンが動く。

伯爵はあっという間に拘束され、衛兵に引き連れられていった。

「すまない、ルチア。不快な思いをさせてしまったな」

「ジュスト様、奥様、申し訳ございませんでした。衛兵たちには部屋から出ないよう見張りを指示しましたが、強引に出てくるとは思わず……。衛兵たちも拘束していいものかの判断に迷ったようです」

「私が部屋に入る前に止めるべきでした。申し訳ございません」

ジュストに続いたエルマンとシメオンの謝罪に、ルチアは首を振ることしかできなかった。

怖かったというより、こんなふうに守られたことがなく、胸がいっぱいできちんと声が出せそうにない。

「ルチア、気分は悪くないか？　部屋に戻って休んだほうがいいかもしれないな」

「い、いいえ。大丈夫です。その、私ももう少しこの場にいてもよろしいでしょうか？」

「もちろん。ルチアさえよければ、もっと意見を聞かせてほしい」

「ええ、お願いします」

さらに気遣ってくれるジュストに、ルチアはどうにか声を絞り出して答えた。

今までで一番自分が大切にされているのではないかと思えてくる。

その気持ちからずうずうしいことを言ってしまったのだが、ジュストは快く承諾してくれたばかりか、ルチアを必要としているとまで思わせてくれた。

しかもエルマンまで同意し、シメオンも無言で頷く。

「……ありがとうございます」

ルチアは信じられない気分でお礼を口にした。

ひょっとして夢ではないのかと思えるほどだったが、未だに握ったままのジュストの手の温かさが現実だと教えてくれる。

「さて、では話を戻そう。今期に収穫量を増やすため、今は耕作地の整備に力を入れているが、今のままでは種籾が足りない。ルチアの提案通り、伯爵の貯蔵金から種籾を買い付けるとして、この時期に売ってくれる者がいるだろうか？」

「あの、それでしたら紹介できます。メント商会のカルロ・メント氏なら必要数を伝えれば、それだけの種籾を用意してくれます。メント商会は私と癒着していると噂されていますが、賄賂や不正な粗利で儲けたことはありません」

「では、その者を呼び寄せてくれないか？　噂を信じるわけではないが、やはり一度会って話をしないことには信用できない。時間がないからと、その判断を疎かにするわけにはいかないからな」

「わかりました。陛下のおっしゃる通りです」

責任ある者なら噂云々より実際に会って判断することは当然であり、ルチアは微笑んで頷いた。

ジュストならカルロが信用できる人物だと判断してくれるはずだ。

交渉が成立すれば、カルロは機動力も高いのできっと種蒔きの時期までには間に合うように動いてくれるだろう。

ひとまず食料については天候不良などの不運に見舞われなければ大丈夫そうだと、ルチアは安堵した。

嫁いでくる道中で気になっていたことがひとつ解決に向かっている。

「次に、アーキレイ伯爵の今後の処遇について話し合いたいが……ルチアはどうする？」

「私も関わったことですから、参加させてください」

「――わかった」

食料問題だけでなく、伯爵の今後の処遇についての話し合いに参加するかどうか、訊いてくれるとは思ってもいなかったルチアは驚いた。

そこまで信用していいのかと、自分のことながら心配になる。

それでも参加させてくれるなら、その動機を疑うのではなく、少しでも役に立てるように頑張ろうと姿勢を正した。

エルマンもシメオンも、ルチアが同席することに異論はないらしい。

そのことは嬉しかったが、そこでルチアはいつまでもジュストと手を繋いだままなのが気になった。

少し悩んだもののそっと手を離すと、ジュストは心なしか寂しそうに微笑む。

（ううん。それは私の希望が見せる幻覚よ。きっと手を離すのを忘れてたっていう微笑みだわ）

ルチアはジュストの笑みをそう結論付けた。

ふたりのやり取りに気づいているはずのエルマンは特に気にした様子もなく話し始める。

「先ほどのアーキレイ伯爵の発言は叛意を認めるものであり、いったんは拘束いたしましたが、聞いていたものが我々身内のみで、証拠としては残念ながら弱いと言わざるを得ません」

「このまま伯爵を反逆罪で厳罰に処したとすれば、諸侯が黙ってはいないだろうな」

「ですが、このままアーキレイ伯爵を放置しておくことはできません。種籾などを無償提供することで、ジュスト様に恭順の意を表明したかに見えましたが、やはり虚妄でしかありませんでしたね」

ジュストとエルマンだけで進められていく話し合いを、ルチアは静かに聞いていた。

内容は時々理解できないこともあったが、大まかな内容は把握できる。

将来の王太子妃として学んでいたこと、この地にやってきてから本で得た情報、そして前世の歴史マニアな父の影響で現状がどういったものかは理解できていた。

(前も思ったけど、この状況って日本で言うところの戦国時代末期、江戸幕府開府前の感じに似てるよね)

今回の種籾事件は、伯爵自ら墓穴を掘ったとしか言いようがないが、ジュストたちが伯爵を追いつめるためのいい理由になった。

もし、伯爵が籾殻を混入させていなければ、ルチアが発見しなければ、何か理由をつけていたのかもしれない。

まるで難癖をつけて戦を仕掛け、大坂城の堀を埋めさせた家康のようだ。

しかも、すでに伯爵の身柄は手の内にあるので、伯爵領に攻め入る労力は必要ない。

ジュストが王として盤石の体制を整えるためにも、アーキレイ伯爵は一番邪魔な存在だったのだろう。

確かに、いつ兵を挙げるかわからない強大な力を持つ領主は排除する必要がある。

（伯爵としては、種籾を譲渡することで恩を売って、発言力を強めるつもりだったんでしょうけど……。陛下を甘く見ていたわけね）

アーキレイ伯爵ははっきりと敵対していたわけではなく、反乱を鎮圧するジュストたちに味方しなかっただけ。

要するに日和見を決め込んだ後、ジュストに与するが得と判断したのだ。

そのような領主は多く、中でも一番力を持っていたのがアーキレイ伯爵である。

そして、伯爵と似たような判断をした多くの諸侯は、今回の伯爵への処遇次第では危機感を抱き、かえって叛意を抱かせる危険もある。

そのため、ジュストたちはこれからどうするかを論じているのだ。

（要するに、外様大名ってところよね……）

アーキレイ伯爵や他の諸侯たちの力を削ぐにはどうしたらいいのか、ジュストとエルマンはあれこれと意見を出し合っていた。

その中で、やはりシメオンは黙って菓子を食べている。

ルチアはうーん、と考えて、チョコレート菓子が盛られた皿を手に取った。

「陛下、エルマン、少し休憩してこちらを召し上がってはどうですか？　甘いものは疲れを緩和して頭の働きを助けてくれるそうです」

「ありがとう、ルチア」

ルチアが皿を差し出すと、ジュストは嬉しそうに微笑んで菓子をつまんだ。

その様子を見ているだけで、幸せになれる。

「奥様、私もいただきますね。ありがとうございます」

「……あ、はい！」

ぼうっとジュストを見ていたルチアは、エルマンの声に我に返った。

エルマンはまるで「お邪魔してすみませんね」とでも言いたげな微妙な笑みを浮かべている。

ルチアは赤くなりながらも、ふたりの会話に割り込んだのだからきちんと言わなければと、勇気を出して口を開いた。

「あの、私は……アーキレイ伯爵には罰ではなく、褒賞を与えればいいのだと思います」

「褒賞？」

ルチアの提案に、ジュストもエルマンもシメオンさえも驚いていた。

そんな三人の顔をゆっくり見て、ルチアは頷く。

「ルチア、説明してくれるかな？」

緊張した様子のルチアを励ますように優しく微笑んで、ジュストが促した。

エルマンもシメオンもしっかり耳を傾けてくれているのがわかる。

「もちろん、実際に褒賞を与えるわけではありません。ですが、伯爵への処分を褒賞のように見せかければいいのです」

「なるほど……」

「理屈はわかりました。ですが、どうやって罰を褒美に見せるのですか？」

ジュストは納得の言葉を呟きながらも考えこみ、エルマンは食いぎみに質問する。

ルチアは一度深呼吸してから続けた。

「まず、この国には領主不在の土地が今現在多くあります。正確には王家に反し、陛下に鎮圧された者たちの治めていた土地ですので、王家の所領もしくは預かりとなっているかと思います。それらの土地の中で一番広大な土地……私が調べたところ、内乱のきっかけとなった境界を巡る争いのあった土地の二地域をひとつの領地としてアーキレイ伯爵に与えるのです」

「あの土地を？　しかし、土地は広くともお互いまだ遺恨が残っております。治めるのはかなり難しいでしょう。しかも土地は痩せており、実りもそれほどよくはありません。ですから民の心も荒み些細なことで争いに発展したのです」

ルチアから詳細を聞いたエルマンは土地についての説明をした。

ジュストは黙ったままだったが、その顔には不信感ではなく好奇心が見える。

ほっとしたルチアはエルマンに向けて頷いた。

「エルマンの言う通り、その土地を治めるのはかなり難しいでしょう。だからこそ、アーキレイ伯爵が適任なのです。伯爵は現アーキレイ伯爵領をこの二十年で大きく発展させました。まあ、今回の種籾事件から考えて、正当なやり方で発展させたのかは怪しいところですが……。とにかく、種籾援助の功労だとかどうとか理由をつけ、新たな土地を発展させてほしいと褒賞として与えるのです。そして現在の領地は報告にある収穫量との相違を調査するために王家預かりとします。表向きは今の領地よりも倍近い広さの領主となるので、当人はともかく周囲には納得させられるはずです」

「確かに、周囲は納得させられるな」

「ええ。しかも、あの土地は立地がかなり悪いですから、王都へ攻め込むにも不利になります」

主要部分を説明できたルチアの提案の反応は上々だった。

そこにシメオンがぼそっと呟く。

「あの土地なら、俺の実家の近く」

シメオンはオドラン王国とは別の国と隣接する土地を守るケーリオ辺境伯の嫡子である。

ケーリオ辺境伯が国境を守っていたからこそ、ジュストは内乱を鎮圧することに専念できたのだ。

「ああ。ケーリオ辺境伯がしっかり監視してくれるな」

「そうですね」

ケーリオ辺境伯はジュストに忠誠を誓っているらしい。

それは嫡子であるシメオンをジュストに仕えさせていることからもわかった。

このたびの内乱では、アーキレイ伯爵のように日和見していた者も多かったが、シメオンたちのようにジュストに従い戦った者もいる。

彼らに実質的な褒賞はまだだった。

「あの、私は書物でしかこの国のことを知らないので、すべて机上の空論でしかありません。ですがもし可能なら、アーキレイ伯爵の褒賞という名の不慣れな土地への封じ込めを皮切りに、叛意を疑われる方たちの領地転換をされてはどうでしょうか？　できるだけ王都から遠く挙兵しにくい場所や、信頼が置ける者の近くに配置するなどして、国土の体制を見直しされては……」

さらなる提案をしたルチアは、ジュストたちの視線を受けて声が小さくなっていった。

それだけジュストたちの表情はかたい。

しかし、すぐにジュストはルチアが青ざめたことに気づき、頬を緩めた。

「すまない、ルチア。怖がらせてしまったな。思いもよらない案に驚いてしまったんだ」

「ええ、本当にそうですよ。国土の体制見直しなど、考えもしませんでした」

ジュストもエルマンも怒っているわけではないようだ。

シメオンもふたりの言葉に同意するように頷いている。

「ところで、奥様。そのような知識をいったいどこで得られたのですか？　オドラン王国は女性にもそこまでの知識が必要とされるのか、それとも……」

エルマンはおそらく、ルチアが王太子の婚約者だったからそこまで学んだのかと訊こうとしたのだろう。

質問の最後は濁されたが、ルチアはどう返答するべきか迷った。

すると、ジュストが庇うように割り込む。

「エルマン、今は知識の出どころよりもルチアの提案を机上の空論で終わらせないことだ」

「おっしゃる通りです」

ジュストはエルマンからルチアへ視線を戻し、安心させるように微笑んだ。

それから立ち上がる。

「ルチア、今日はここまでにしよう。部屋まで送っていくよ」

「――ありがとうございます」

ジュストの手を借りて立ち上がったルチアは、すでに立っていたエルマンとシメオンに微笑みかける。

「今日はおふたりとお話できてとても楽しかったです。またよければお声がけください」

「こちらこそ、素晴らしいお話を拝聴でき、感謝しております。ぜひ、またご意見をお聞かせください」

「ありがとうございます」

「ええ、それでは失礼します」

ジュストの妻らしく振る舞って、エルマンたちより先にその場を離れた。

すると、ジュストはルチアの手を取り、自分の腕に置く。

「ルチア、せっかくだから少し庭でも歩かないか？」

「はっ――はい！」

突然の誘いにルチアは一瞬理解できず、間の抜けた返事をしてしまった。

笑われていないだろうかと、ちらりとジュストを見ると、優しい眼差しを向けられていた。

思わずぱっと目を逸らす。

（だから！　それが勘違いしてしまうの――！）

ひょっとして自分のことを好きなのでは？　なんてことは前世にびっくりするくらい何度もあった。

実際、好きでいてくれた人もいるのだろう。ただ一番目ではないだけで。

ルチアは小さく息を吐くと、にっこり笑ってジュストに視線を戻した。

「このお城の庭園はどれも自然のよさを最大限に引き出していて癒されます。庭師の皆さんが人手が足りないなりに工夫していて感心しました」

「そうか。庭師か……」

ルチアは何か会話をと思い、庭についての話題を持ち出した。

ジュストはルチアの話を聞いて呟くと、再び微笑んだ。

「正直なところ、庭師の存在を忘れていた。庭が綺麗に整えられているのは、当然手入れする者がいるからなのにな。あなたといると、新しい発見や気づきが多く、とても楽しい。先ほどの素晴らしい案もそうだ。ルチア、ありがとう」

「ど、どういたしまして……」

まったく気が利かない返答しか言えなかったルチアを、ジュストは愛しげに見た。

やはり今日はルチアの希望が見せている夢なのではないかと思えて仕方ない。

それなのに、ジュストはまだ夢を続けてくれる。

「この城の使用人ひとりひとりにもあなたは声をかけていると聞いた。彼らはあなたに気にかけてもらえてとてもやる気を出している、とも。それは私にはできなかったことだ。いや、しようとも思っていなかった。彼らがこの城を別の形で守ってくれていたからこそ、私は外に出て戦うことができたのにな」

「彼らはそれを不満には思っておりません。それどころか、皆が陛下に感謝しております。誰だって、平和な世の中を望んでおります。飢えることなく、温かな家で眠れる幸せを望んでいるのです。陛下がご自分の権威のためではなく、民のために戦ってくれていたことを皆が理解しております。それを私はこの城に来て知りました」

ジュストが使用人たちのことをきちんと考えてくれている、それを話してくれていることが嬉しくて、ルチアは饒舌《じょうぜつ》になった。

すると、ジュストは急に立ち止まり、自分の腕に添えているルチアの手にもう一方の手を重ねる。

　驚くルチアに、ジュストはぎこちなく笑いかけた。

「本当に……あなたが私の元に来てくれて嬉しい。私のせいでまずい始まり方をしてしまったが、これからは、その、私を助け導いてほしい。もちろん、私もあなたを助けたい。これから先、あなたを守らせてほしい」

「――はい。ありがとうございます！　それでは、女主人として精いっぱい努めますね！」

「……ん？」

　要するに、内と外。分担作業のようなものだ。

　ルチアはジュストに女主人として認めてもらえたことが嬉しかった。

　ひょっとして、ジュストはルチアに惹かれているのかもしれないとも思ったが、それも物珍しいからだろう。

　きっとすぐに飽きて、別に好きな人ができるに決まっている。

　そうしてまた二番目以下になって悲しみ苦しむのがルチアは嫌だった。

「この方向だと、西庭園ですね。規模としては南庭園ほどではありませんが、植物の種類はかなり多く、珍しいものも多いんですよね。オドランでは見たことのなかったものもいくつかあって、楽しませてもらってます」

ルチアは話題を変えたくて、ジュストが何か言いかけていたような気がしたが、気づかないふりをした。

ジュストも無理に話題を続けようとはせず、再び歩き始める。

「実は……、私は庭には……花には詳しくはないんだ」

進み始めてすぐにジュストが申し訳なさそうに話し始めたことに何事かと思ったルチアは、その内容に笑った。

もっと深刻な話かと心配したせいか、気が抜ける。

「白状すると、私もそれほど花に詳しくはありません。眺めるのは好きですけど、花の名前はほとんど言えませんし、偉そうに言いながら実は種から植物を育てたこともないんです」

悪戯っぽくルチアが打ち明けると、ジュストも声を出して笑った。

偉そうに語っていたが、実のところルチアは有名な花以外の名前は知らないのだ。

淑女としてはあまり褒められたものではないが、ジュストが笑ってくれたことで、ルチアはほっとして一緒に笑った。

ふたりして笑っているせいか、遠巻きながら注目されているのがわかる。

だが、ルチアは久しぶりに人目も気にならず、ジュストといることを楽しんだ。

西庭園は城の裏手になるが、この時間は西日が差し込み、眩しいくらいに輝いて見えた。

庭師が工夫して西日を上手く利用し、草花が輝くように植えつけているのだ。

「今まで、これほどの光景を見逃していたんだな……」

「それだけ、陛下はお忙しかったということでしょう。ですがこれからは、この庭だけでなく、たくさんのものにゆっくり目を向けられる時間がとれるといいですね」

「そうだな。ありがとう」

生意気なことを言ってしまったかと一瞬後悔したルチアだったが、ジュストはまっすぐに受け止めてくれたらしい。

笑顔でお礼を言われ、ルチアの胸は温かくなった。

こんなに満たされた気持ちになるのは初めてかもしれない。

照れ隠しに花へと目を向けたルチアだったが、その顔には自然と笑みが浮かんでいた。

そんなルチアをジュストが優しく見守る。

しかし、ふたりの穏やかな時間は、反対側からやってくるメラニアによって終わりを告げた。

メラニアの背後には見張りの衛兵が三名いるが、日傘をさして歩く姿は優雅でお姫様のようだ。

ルチアは思わずジュストの腕に添えていた手に力を入れてしまった。

すると、ジュストはルチアの手を離し、逆に守るように腰に腕を回して引き寄せる。

「酷いわ、ジュスト様。なぜ父にあのような仕打ちをなさるのですか？　私だって、こんな囚人のように扱われるなんて……」

「アーキレイ伯爵は私に対し、叛意あることを口にした。よって、当然の処置だ。あなたがまだ自由に歩けるのはエルマンの配慮だ。だがそれも、あなたの態度次第では変わる」

大げさに衛兵たちを示し、メラニアが嘆く。

先ほどまでとは打って変わって厳しい表情になったジュストは、メラニアに冷ややかな声で答えた。

途端に、メラニアの可愛らしい顔が怒りに染まる。

「その女のせいですね⁉　領地にいらしたときはあんなにお優しくしてくださったのに！　お父様だって陛下のためにこの城にやってきたのに騙されたんだわ！　その女の入れ知恵でしょう⁉」

「それ以上、妻を侮辱することは許さない」

メラニアは叫び、衛兵が止めに入る。

ジュストはルチアを庇うように抱き寄せたままメラニアを睨みつけた。

まるでジョバンニに婚約破棄を告げられたときのようで、ルチアの胸は苦しくなる。

あの視線を向けられるのがどれほどつらいか思い出したルチアは、ジュストの腕から抜け出した。

「メラニア様、おつらいのはわかりますが、どうか冷静になってください。このままでは――」

「うるさいわね！　あなたがオドラン王国から追い出された理由がよくわかったわ、この泥棒猫！」

今の状況ではメラニアまで拘束され罪を問われてしまうかもしれないと、ルチアは落ち着かせようとした。

だが、メラニアから放たれた言葉にはっと息をのむ。

前世でも何度か『泥棒猫』と罵声を浴びせられたことを思い出したのだ。

実際に、ルチアが現れるまではメラニアが花嫁候補だったことは、最近噂で耳にしていた。

それでもメラニアとジュストの気持ちがどうであれ、アーキレイ伯爵が裏切ったのは事実なのだ。

ルチアはすぐに気を取り直して、言い返そうとした。

ところが、それより早くジュストが動く。

「メラニア嬢、あなたは勘違いしている」

そう言って、ジュストはルチアを再び抱き寄せた。

そして驚き見上げたルチアの額に、ジュストは口づける。

「私が夢中になっているだけで、ルチアはこうして捕まえてもすぐに逃げ出してしまう」

「う、嘘よ……。だってその女は――」

「メラニア嬢、悪いがあなたも部屋から出ないでくれ。ルチアに不快な思いをさせたくない」

ジュストはきっぱり言い切って、衛兵たちに目くばせした。

衛兵たちは軽く頷くと、黙ったままメラニアを拘束して無理に連れ去っていく。

メラニアは父親と同じように喚いていたが、衛兵たちから逃れることはできず、ルチアは一連の出来事をまるで傍観者の気分で見ていた。

今起こったことが信じられない。

ジュストがルチアを庇い、夢中だと言ってくれたのだ。

たとえメラニアを納得させるための嘘だとしても、ルチアは嬉しかった。

このままジュストに本当に好きな人が現れず、ルチアを一番に考えてくれたらと願わずにはいられない。

それでも期待することは怖くて、ルチアはジュストを信じることができなかった。

「ルチア、不快な思いをさせてしまってすまない。もっと早く彼女に気づくべきだったな」

「いいえ、大丈夫です。陛下が庇ってくださっただけで、私は幸せですから」

謝罪するジュストに、ルチアは微笑んで答えた。

今日のことは一生の思い出になるだろう。

初めて一番として扱われたのだから。

メラニアには同情するが、冷静になれなかったことで自業自得なこともわかっていた。

「陛下、もしよろしければ散歩を続けませんか？」

「ああ、そうだな」

何事もなかったように振る舞うのは苦労したが、ルチアは他愛もない話題で散歩を続けた。

その間もジュストはずっと優しい笑みを向けてくれる。

期待してはいけない。好きになってはいけない。と何度も心の中で唱えていたが、それがもう手遅れなことも、ルチアは気づいていたのだった。

第九章

あの話し合いの日から数日後。

ルチアは女主人として王城内の改善に努め、元からいた使用人たちからもすっかり信頼されるようになっていた。

ジュストはアーキレイ伯爵領にいるニコルと連絡を取りながら、伯爵の処遇のためにエルマンたちと忙しくしているようだ。

それでもジュストは時間を作ってくれ、毎日のようにルチアと庭の散歩に出ていた。

「――明日、メント商会の者が来たときには同席してほしい」

散歩途中でジュストにそう言われたときは驚いた。

確かにメント商会を呼び寄せたのはルチアだが、悪い噂のあるルチアは関わらないほうがいいと思っていたのだ。

「メント商会は間違いなく信用できる相手ですが、私との癒着などの噂があります。私が同席していると、陛下まで同様に思われるかもしれません」

「今さら私に新しい噂が流れようと大した問題ではないさ。もうすでに悪魔だと呼ばれているんだからな」

ルチアが心配して言えば、ジュストは笑い飛ばした。

確かにジュストの言う通りだったが、この城で暮らしているうちにルチアはすっかり忘れていたのだ。

「そういえば、そうでしたね」

「噂なんてそんなものだろう?」

ジュストの言う『そんなもの』はルチアの噂も指しているのだろう。

この城に来たばかりの頃は皆がルチアのことを警戒していたが、ルチアたちもまた警戒していたことを思い出す。

今はもうルチアもマノンたちも〝四人の悪魔〟なんてどこにもいないことを知っている。

ジュストはまだ笑いながら、繋いでいたルチアの手を持ち上げ、その甲に口づけた。

(これで十二回目……)

ここ数日で急に増えたジュストのスキンシップを、ルチアはつい数えてしまっていた。

ジュストはことあるごとに手の甲にキスしてくるので、初めの頃は動揺していたルチアも今はもう慣れていた。――というのは嘘だが、動揺を見せない程度には耐性ができている。

それでもつい嬉しくて数えてしまうのだ。

一緒に歩くときは手を繋ぐか、腕に手を添えて並んで歩く。

頬に触れられたのは一度きりだが、腰に腕を回されたのは三度。額へのキスはあのときの一度だけ。

（これでときめかないほうがおかしいわよね。でも勘違いはしないから。大丈夫）

もう好きになってしまったことは諦めた。

それでも、ジュストも自分のことを好きなのではと勘違いしないようにだけは気をつけているのだ。

手の甲へのキスが男性から淑女への挨拶のようなものなのは、この世界に生まれ育っているのだからわかっている。

それ以外に触れてくるのも、男性としてエスコートしてくれているだけで深い意味はない。単にジュストはこの世界でも特にスキンシップをするタイプなのだろう。

メラニアに対しても、きちんとエスコートしていたことを思うと間違いないはずだ。

最初の頃は警戒されていたため素っ気なかっただけで、今は身内として扱ってくれているのだと思えた。

逆に敵認定されたメラニアに対してはかなり厳しい態度で接しているのを見ている。

（もし、陛下にあんな態度を取られたらつらすぎる）

失恋には慣れているが、やはりできれば円満に別れたい。

ルチアはその日のためにも、あまり出しゃばらずにジュストたちを助けたかった。

（陛下とメント商会のカルロならきっと有意義な取引ができるでしょうけど……）

カルロは思慮深いので、馴染みだからと気安くルチアに声をかけたりはしないはずである。場の空気を読むのも上手く、ルチアが発言しない意味を察してくれるだろう。

それでも後で、カルロに輿入れのときの馬車を用意してくれたお礼は、改めて直接言おうと決めていた。


翌日。

街に滞在していたメント商会のカルロたちが登城したとの知らせに、ルチアは控えめな装いをして部屋を出た。

カルロたちは公式の謁見の間ではなく、少し広めの部屋に通されているらしい。

ルチアはジュストに続いて部屋に入ると、元気そうなカルロたちの姿を目にしてほっとした。

ジュストは部屋の一番奥の椅子に着席し、その両隣にルチアとエルマンが座る。

「遠路はるばる、よく来てくれた。皆、顔を上げてくれ」

「――お初にお目にかかります、バランド国王陛下。私はメント商会代表のカルロ・メントと申します」

ジュストの声にカルロたちは一度顔を上げ、そして再び深々と頭を下げて挨拶をする。

その際、ルチアには一切目を向けることはなかった。

やはり状況をしっかり把握しているらしい。

しかし、エルマンに促されて着席したカルロは、続いて発したジュストの言葉に驚き目を見開いた。

「ルチアの輿入れの際には、そなたが馬車を出してくれたそうだな。おかげでルチアは無事に私の妻となった。礼を言う」

馬車や馬、その他の荷車などをメント商会が手配してくれたものだったと、ジュストたちは知らなかったはずだ。

もちろん調べればわかったことではあるが、そのことについて触れ、商人のカルロたちに礼を言ったことには、ルチアもまた驚いた。

「そのようなお言葉を頂戴できたこと、大変恐縮でございます」

カルロはすぐに平静を装い無難な言葉で返したが、ジュストの真意を測りかねている。

ルチアとカルロの間には年の差があるにもかかわらず、ただならぬ仲だとの噂もあったからだ。

どうにかルチアもフォローしたかったが、余計なことはできない。

ジュストはそんなルチアを安心させるように微笑み、カルロへと視線を向けた。

「噂とは厄介なものだな。だが、今のは本心だ。そして、ルチアの紹介だからこそ、あなた方と取引したいと思っている」

ここ最近、ジュストとたくさん話をするようになったからこそ、今の言葉に嘘がないことがわかる。

メント商会の馬車だといつから知っていたのか、わざわざ調べたのか、妻となったことを喜んでくれているのだろうかなどあれこれ考えていたルチアは、もうどうでもよくなった。

どうやらそれがカルロにも伝わったらしい。

「国王陛下、ルチア様。このたびは、ご結婚おめでとうございます」

カルロはさらに深く頭を下げて祝いの言葉を述べると、顔を上げて温かく微笑んだ。

それはまるで娘の幸せを祝う父親のようだ。

「バランド国王陛下のご結婚という慶事に、まずはお祝いするべきところ、このように遅くなったことをお詫び申し上げます。我が商会といたしましては、お二方のご結婚に際し、祝いの品として種籾を二百袋、大豆を五十袋、羊三十頭を献上させていただきたく存じます。改めまして、誠にご結婚おめでとうございます」

カルロの言葉に呼応して、商会の者たちも祝いの言葉を口にする。

ルチアは感動しつつも、ジュストの様子を窺った。

賄賂だと受け取られないか心配したのだが、杞憂だったらしい。

ジュストの顔に嫌悪はなく、重々しく頷いた。

「感謝する」

その一言で、その場の緊張が解ける。

カルロはこの短時間でジュストの人となりを見抜いたのに、ルチアは未だに信じ切れていない自分が嫌だった。

だが今は、ルチアの人間不信よりも、目の前の交渉である。

結婚祝いだとしても、商人であるカルロたちが何の利もなくわざわざこの国にまでやってくるとは思えない。

おそらくこの国での商売の許可を得ることとなのだろうが、ルチアは出しゃばらないと決めていたので黙って聞いていた。

メント商会は不当な利益を享受しないが、その分不当な上納もよしとしない。

だが交渉を担当しているエルマンも結婚祝いの献上品で気をよくし、審査を甘くしようとすることもなかった。

そしてお互い妥当なところで手を打ち、交渉は予定より早く終わり、ジュストが許可証に署名する。

その後は立食形式のちょっとした食事会のようなものが開かれた。

「――カルロ、あなたには何度も助けてもらっているのに、何も返せていないわ……」

「ルチア様、私たちは商売人ですから貸し借りには厳しいですぞ。当然、ルチア様からでもしっかり返していただくつもりですよ」

「ええ、もちろんよ。何年かかっても必ず返すわ」

「では、一言『ありがとう』とおっしゃってください。それで貸し借りは終わりです」

「そんな……」

世話になってばかりのカルロに何か返せないかとルチアが言うと、しっかりした答えが返ってくる。

覚悟を決めていたルチアが頷くと、予想外のことを言われて呆気に取られてしまった。

そこにジュストの笑い声が割り込む。

「ルチア、早く返さないと商売人はすぐに利息だ何だと値を上げてくるぞ」

「さすが陛下は鋭いですなあ」

ふたりのやり取りを聞いて、ルチアも笑える余裕が生まれた。

「ありがとう、カルロ」

「おや、笑顔のおまけつきですね。これでは利息も取り立てられなくなってしまいましたよ」

「もう十分だろう？」

「ええ、そうですね」

軽口を叩くカルロに、ジュストがわざとらしく顔をしかめて言う。

するとカルロはにやりと笑った。

「ルチア様の本物の笑顔は貴重ですからね。オドラン王国ではその価値がわからない方ばかりでしたが、この国の方々はどうやら見る目をお持ちのようです。ならば間違いなく、この国はこれから発展します。私たちはありがたくも商いの許可をいただきましたので、先行利益で儲けさせていただきますよ」

「お願いだからからかうのはやめて、カルロ。この国が発展するのは確かだけれど、それは陛下やみんなが柔軟な考えを持っているからよ」

「そうでもない、ルチア。我々があなたから教えられたことはたくさんある」

「陛下まで……」

カルロの言葉に恥ずかしくなったルチアは、顔を赤くしながら懇願した。

それなのにジュストまでルチアを褒める。

顔が熱くなって両頬を押さえるルチアを、ジュストは愛しげに見つめた。

そんなふたりの様子にカルロは安心して微笑み、ふと表情を曇らせる。

「ルチア様の輿入れが決まってから、まだほんのふた月あまりですが、オドラン王国は変わりましたよ。一部では暴動が起きて騒ぎになっているのですから」

「暴動⁉」

暴動とはかなり不穏な言葉だった。

ルチアは驚き動揺したが、ジュストにその様子は見られない。

おそらくすでに知っていたのだろう。

「ルチア様、ご存じなかったのなら申し訳ありません。余計な心配をさせてしまいましたね」

「ううん。それはいいの。いつかは知ることだから。ただびっくりして……」

「私は最近オドラン王国には出向いてないので正確な情報はまだわかりません。商人の間で広がっている噂でしかありませんから」

励ますようにカルロは言い添えたが、商人の噂ほど正確なものはない。

ジョバンニに婚約破棄され、追放されるも同然にこの国へ輿入れしたが、やはり祖国が心配なことには変わりなかった。

「ルチア、私の情報ではバロウズ侯爵領でちょっとした揉め事から一部の民衆が暴徒化したというものだった。今は落ち着いているらしく、広がる様子もないと聞いている」

「そうなんですね。教えてくださって、ありがとうございます」

バロウズ侯爵領は王都を挟んでショーンティ公爵領の反対側に位置する。

ルチアは父親たちも心配だったが、ジョバンニも大丈夫だろうかと考えた。

ジョバンニが新たに婚約者として選んだのがバロウズ侯爵令嬢のカテリーナだったからだ。

(でも、今は落ち着いているらしいし、殿下がきっと彼女を慰めているでしょうね)

婚約破棄を宣言されたあの建国記念のパーティーで、ジョバンニはカテリーナを守ろうとする気概を見せていた。

いつもはルチアの勢いに押され気味だったことを考えると、かなりの成長だろう。

(私が気合いを入れすぎていたせいで、殿下にプレッシャーを与えていたのかも……)

今度は人生の主役になれると信じて邁進しすぎたせいで、周りを見ることができなかったのだ。

こうして離れて冷静になれた今、失敗の理由がよくわかる。

だからもう失敗しないためにも求められない限りは出しゃばらないとルチアは決めていた。

また失敗したら――嫌われたら今度こそ立ち直れない。

想像するだけで落ち込みそうになって、ルチアはジュストをちらりと見た。

途端に心配そうな顔をしたジュストと目が合う。

しかし、ジュストはすぐにいつもの微笑みに戻った。

「ルチア、この酒は甘くて飲みやすいがどうだろう？　バランド王国の数少ない名産品と言ってもいい」

「ありがとうございます、陛下」

普段はあまり酒を飲まないルチアだったが、ジュストに勧められてグラスを受け取る。

きっと気を遣ってくれたのだろう。

ルチアはすぐに口へとグラスを運んで、その飲みやすさに驚いた。

「本当に飲みやすいですね！　これならお酒があまり得意でない方たちも好まれるかも。カルロも飲んでみてくださる？」

「ええ、喜んで」

ルチアはカルロにさっそく名産品である酒を勧めたが、よく見れば食卓にはこの国の特産ばかりが並んでいることに気づいた。

特産品で他地域からの来客をもてなすのは商売の基本である。

（やっぱり私が出しゃばる必要はないものね……。陛下も私の反応を見せて、カルロにお酒を売り込んだんだわ）

それならルチアはちゃんと役目を果たせたことになる。

嬉しくなってカルロと話すジュストを見つめれば、その視線に気づいたジュストに抱き寄せられた。

これはカルロに仲睦まじい姿を見せているのだろう。

メント商会からバランド王国はこの先安泰だという話が広まれば、商人たちはまた集まってくる。

（たとえこれが演技だとしても、単に陛下の癖だとしても、幸せ……）

お酒のせいか、頭が少しぼうっとする。

そのため、いつもより大胆になったルチアはジュストにもたれかかった。

するとジュストは拒絶することなく、さらに強く抱き寄せてくれる。

まるで離さないとでも言わんばかりのジュストの腕の強さに、ルチアは込み上げてくる涙を堪えた。

どうやら涙もろくもなっているらしい。

こうして大切に扱われることがこんなにも心満たされるとは知らなかった。

今だけでも、あと少しの間だけでも、この幸せを大切にしようとルチアは笑って会話に参加したのだった。

＊　＊　＊

「――それで、状況はどうなってるんですか？」

「アーキレイ伯爵は領地転換に同意した。言い逃れできないほどの不正が証言証拠ともにかなり出てきたからな」

「そっちじゃなくて、奥方のことですよ。僕がいない間に何か進展がありましたか？　もう好きって告白されました？」

ニコルがアーキレイ伯爵領から戻ってきたその日の夜。

いつもの遊戯室での話し合いで、ニコルの第一声はルチアとの進展を訊くものだった。

伯爵については離れていてもしっかりやり取りしていたので、お互い把握している。

「……手は繋ぐ。甲への口づけも十四回した。拒絶はされていない。先日、メント商会との会食の場で抱き寄せたら、寄りかかってくれた」

「奥様は少し酔っていらしたようですからね」

生真面目にニコルの質問に答え始めたジュストはどこか嬉しそうだ。

今のジュストを見れば、誰も〝悪魔〟などとはもう思わないだろう。

そんなジュストの返答に、エルマンが付け加える。

「要するに、何も進展していないんですね」

容赦なくニコルは突っ込むと、呆れたようにため息を吐いた。

「やっぱり僕がいないとダメなんですねえ。よし、任せてください！」

「不安しかない」

ニコルが胸を張って言うと、シメオンがぼそりと呟く。

言葉にはしなかったが、ジュストもエルマンもシメオンと同じ考えだった。

そんな三人にはかまわず、ニコルは続ける。

「プロポーズ大作戦ですよ！」

「ニコル、ジュスト様と奥様はすでに結婚しているんですよ？　今さらプロポーズなどしてどうするのです」

「そこだよ、そこ！　乙女の夢を何もわかってない！」

予想通り、ニコルの提案は意味がわからない。

仕方なくエルマンが代表して指摘すると、逆に責められてしまった。

突っ込みたいことはあるが、とりあえず好きにさせる。

「まず、ジュスト様と奥方は最初がまずかったじゃないですか。噂のせいでジュスト様の態度は最悪でしたし、伯爵のこともあって花嫁を新婚早々放置。僕が花嫁だったら実家に帰らせてもらってますね！」

「まず花嫁になれないでしょう？」

「問題はそこじゃないよ、エルマン」

「そもそも、奥様の噂を信じて結婚に一番反対していたのはニコルですよね？」

「それはそれ！　これはこれ！」

「どれも一緒です」

結局、いつものニコルとエルマンのやり取りが始まった。

しかし、今回は早々にジュストが割って入る。

「確かに、ニコルの言う通りだ。私の態度は酷かったし、あの結婚式も酷かった」

「ですよね⁉　だからやり直すんです！　結婚はしていても、プロポーズはしていないじゃないですか！　そこからやり直せばきっとうまくいきますよ！」

言い方に問題はあるが、確かにニコルの言い分には一理ある。

ジュストだけでなくエルマンも納得しかけたのだが……。

「まずプロポーズには、真っ赤なバラと鳩です！」

「鳩？」

「ジュスト様が奥方に跪《ひざまず》いてバラを差し出し『愛している。結婚してほしい』と言うでしょ？　その瞬間、たくさんの鳩を飛ばすんですよ。バサバサ〜って！」

「いろいろ突っ込みどころはありますが、鳩はいらないでしょう。バサバサさせてどうするんですか？」

「じゃあ、みんなで歌って踊る？」

「意味がわかりません。それなら楽団に演奏させるべきでしょう？」

「いいね、それ！」

「予算がありませんがね」

「あー残念」

危うくとんでもないプロポーズになりそうだったが、予算の問題でニコルの案は潰れた。

ニコルも一気にテンションが下がる。

「……乙女の夢は知らないが、ルチアは余計な出費を好まないだろう。よって、プロポーズはシンプルにする」

「本当になさるんですか？」

「ああ」

ジュストが少し考えてから言うと、エルマンは驚いたようだった。

当然、ニコルは喜んだ。

「やった！　いつにします？」

「それは……また考える。結婚式のやり直しはルチアが望まないかもしれないからな」

「予算をかけなければいいんですよね？　それでいて最初のときより幸せな感じの……を考えてよ、エルマン」

「そこで丸投げはやめてください」

一応は文句を言いつつ、エルマンはいつもニコルの無茶ぶりをどうにか解決する。

シメオンは黙ったままだったが、そこで再び口を開いた。

「王妃になさるんですか？」

「――ああ。プロポーズを受けてくれたら、頼んでみる」

シメオンの鋭い質問に、ジュストはわずかに間を置いてから、はっきり頷いた。

しかし、エルマンは腑に落ちないといった様子だ。

「頼むものではなく、授けるものでは？」

「受けてくれるとは限らないからな」

「ですよね～。今さらですもん」

ニコルの言うように、本当に今さらなのだ。

噂に惑わされず、どんな人物だろうと丁寧に接するべきだったのに、それができなかったのはジュストも余裕がなかったとしか言いようがなかった。

焦りは冷静さを失わせて判断力を鈍らせる。

今回のことで嫌というほど身をもって学んだことだった。

「……たとえ受けてくれたとしても、いや、おそらくルチアは受けてくれるだろう。だがそれも、義務感からな気がする」

「あー、確かに」

「逆に、ジュスト様が義務感から頼んでいると思われるかも」

「あー、確かに」

ジュストが危惧していることを言えば、シメオンがもうひとつの可能性を口にする。

どちらにも頷いて、ニコルはにっこり笑う。

「やっぱり愛の告白ですね！」

「その前にきちんと話し合うべきです。そうでなければ、またジュスト様は『義務かも〜』って悩まれるのでしょう？」

「あ、エルマンがキレた」

「結局、指南書なんて読んでも何の役にも立たないんですから。誤解を生まないためにも話し合いです」

「真面目に指南書を読んだんだ……」

「ニコルが読めと言ったのでしょう⁉」

また始まったニコルとエルマンのやり取りを聞きながら、ジュストはちょっとだけショックを受けていた。

ジュストも真面目に何度も『恋愛指南書』を読んだのだ。

「まあまあ、教本通りにいかないのは世の常だから。でも知らないよりは知ってるほうがいいだろ？」

「それはそうですけど、ニコルはいつもいい加減すぎます」

「いつだって本気だよ」

確かに教本通りにいかないことなどわかってはいたが、それでもニコルの言う通り知っているほうがいい。

恋愛に関してジュストはまったくの初心者なのだから。

「……明日、ルチアと話す」

「善は急げですね！　鳩は飛ばしますか？」

「いや、必要ない」

「それは残念」

決意を口にしたジュストにニコルが嬉しそうに反応する。

鳩に関してはニコルなりの励ましなのだろう。

そうでなければ、残念だと言いながらも笑っていないはずだった。

エルマンもシメオンもジュストを応援しているらしく笑顔になっている。

ほんの二か月前にルチアを迎え入れるときとは大違いで、ジュストも笑った。

ジュストだけでなく三人の評価を、ルチア自身がマイナスからプラスへと変えたのだ。

そのことが、ジュストは誇らしく嬉しかった。


そして翌日。

ジュストはルチアと西庭園を散歩しながらも、口数が少なかった。

庭へと誘うことは難なくできたが、いざ告白しようと思うとなかなかタイミングが掴めない。

そんなジュストを、ルチアは不思議そうに見上げた。

「ひょっとして、何か心配事がおありなのですか？」

「いや……」

心配事と言えば、ルチアへのプロポーズを断られるかもしれないということだろう。

まずは話し合いをと思うのだが、何から話せばいいのかジュストにはわからなかった。

ルチアが嫁いできてくれて嬉しいとか、城内のこと、メント商会のことなど、たくさんある。

そこで、肝心のことを話していなかったことを思い出した。

「アーキレイ伯爵の今後のことが決まった」

「そうでしたか」

ジュストが無口だった理由がアーキレイ伯爵のことを考えていたせいだとルチアは納得したらしかった。

それは違うと否定したいジュストだったが、まずは伯爵のことを伝えたほうがいいだろう。

「アーキレイ伯爵には、領地転換後しばらくして病気を理由に爵位を息子に譲らせる予定だ」

「息子……確か、まだ四歳では？」

「ああ。だが、ニコルが会って確認したところ、特に父や姉を恋しがることもなく、乳母がいれば問題ないそうだ。母親は二年ほど前に亡くなっているから記憶もほとんどないらしい。近いうちに王都に連れてくるつもりだ」

「成人するまで王都に？」

「その予定だ。伯爵とメラニア嬢に関しては、新しい領地の館にある別棟で蟄居《ちっきょ》させる。当然、見張りはつけるし、領地運営は代理人に任せることになる」

「そうですか……」

「だが、メラニア嬢に関しては、適当な相手が見つかれば結婚という選択肢も用意するつもりだ」

伯爵はともかく、メラニアまで蟄居というのはいささか厳しい気がしたルチアは、ジュストが付け加えた内容にほっとした。

適当な相手というのは、メラニアを見張る役目も負う相手ということだろうが、最終的に決めるのは彼女自身だ。

貴族令嬢として結婚相手はたいてい親が決めた相手になるのだから、そのあたりはメラニアも覚悟していただろう。

伯爵のまだ幼い息子に関しては同情もするが、ルチアも母親を亡くしており、父や兄とはほとんど関わることもなかったため、離れ離れになっても乳母がいるなら大丈夫だと思えた。ルチアもマノンがいたからそれほどつらくなかったのだ。

(それにしても、次代の伯爵を手元に置いて育てるって、ちょっと江戸時代の制度に似ているわね)

あれは人質の意味も大きかったが、国を治め、反乱を抑えるにはどうしても似たような体制になってしまうのかもしれない。

今回の措置を非情だという者もいるだろうが、再び戦乱の世にしないためには必要なことだ。たとえ〝悪魔〟と呼ばれようと〝悪女〟と呼ばれようと、やらなければならない。

「……陛下は正しいことをなさっております。誰が何と言おうと、私は陛下の味方です」

もしジュストが正しいことを遂行するために苦しむのなら、ルチアが傍で大丈夫だと伝えたかった。

ジュストにはエルマンもニコルもシメオンもいる。

その中に入ることはできなくても、ルチアの存在で少しでも力になれるのならもう何番目でもよかった。

(陛下にいつか本当に好きな人ができても、その人が陛下の支えになるのならそれでいいじゃない。大切な人が幸せになれることが幸せじゃない？　それを傍で見られるなんて喜ぶべきだわ。これぞ、推し活よね)

ルチアがいつかくるだろう失恋の日を明るく迎えようと考えていると、いつの間にか立ち止まっていることに気づいた。

腕を貸してくれるジュストが立ち止まったために、無意識にルチアも足を止めていたらしい。どうしたのかとルチアが見上げると、ジュストはどこか気まずそうな顔をしていた。

「ルチア、話がある」

「……はい」

まさかもう本当に好きな人ができたと打ち明けられるのだろうかと、ルチアは覚悟した。ジュストの一番でいられると思えたのは短い夢だった。

「実は、私は――」

「ルチア様！」

ジュストが何か言いかけたとき、慌てた様子のマノンの声が割り込んだ。

ルチアが振り向くと、駆け寄ってきていたマノンはその場で立ち止まり、深々と頭を下げる。

「陛下、ルチア様、貴重なお時間をお邪魔してしまい申し訳ありません」

「いや、かまわない。何かあったのだろう?」

「マノン、どうしたの?」

ルチアがジュストと散歩していると知っているはずのマノンが大したこともないのに邪魔をするはずがない。

ジュストもそのことを理解しており、何があったのかと促した。

「それが先ほど、ショーンティ公爵家より使いの者が参りまして、火急の要件とのことで、急ぎルチア様にお目通り願いたいと」

「誰がやって来たの?」

「ハリーです」

「そう……」

ルチアもマノンもハリーのことはよく知っていた。

ショーンティ公爵家の馬丁で一番馬の扱いが上手く、早馬には適任の人物だ。

ハリーを走らせるということはよほどの一大事なのだろうが、今はジュストの話の途中だった。

そのためらいをジュストは察したらしい。

「ルチア、話はまたでいいから、今は公爵家の使者に会ったほうがいい」

「……ありがとうございます、陛下。申し訳ありません、失礼します」

本当は何を話そうとしていたのか、ルチアは気になって仕方なかった。

ジュストの言う「また」はいつだろうと思いながら、その場を急ぎ去る。

去り際に見たジュストの残念そうな笑みがどういう意味だったのか、ルチアと離れがたくてだったらいいのにと、虚しい期待をしながらハリーの待つ場所へと向かったのだった。

第十章

「――ルチア様、申し訳ありません」

もう何度目かになるハリーの謝罪を聞いて、ルチアは首を傾げた。

一緒に来ているマノンもさすがにどうしたのかと不思議に思っているようだ。

ルチアたちはちょうどショーンティ公爵家の前に到着したところだった。

十日前にやって来たハリーは、ルチアの兄からの手紙を携えていた。

内容は父であるショーンティ公爵が病で重篤な状態にあること。ルチアに会って謝りたいとうわ言を言い続けているとあったのだ。

父とはあまりいい関係ではなかったが、そんな手紙をもらって無視できるわけがない。

ジュストの許可をもらい、遅れてやって来た迎えの馬車に乗ったのだった。

「ルチア！　ようやく帰ってきたな！」

「……お父様？」

屋敷に入ると、重篤だと聞かされていた父親が元気な様子で迎えに出てきた。

驚き兄を見るが、何の説明もない。

「お父様、ご病気ではなかったのですか？」

「ああ、酷いものだったよ。だが、お前が帰ってくるとわかって回復したんだ」

確かにハリーがいくら早く馬を駆り、馬車を走らせたとしても、往復で二十日はかかっているはずだ。

とはいえ、二十日で重篤な状態からこんなに元気に回復するのだろうかと疑問に思う。

「……何の病気だったのですか？」

「何でもいいじゃないか！　こうして元気になったんだから。本当にお前は可愛げがない。元気になったところを素直に喜ばんか！」

流感のようなものなら重篤になっても回復するかもしれないと考えての質問に、父である公爵は急に怒り出した。

別に手紙通りに謝罪を期待したわけではないが、以前と変わらない態度にルチアは苛立った。

家族用の居間へと向かっているらしい父親について行きながら、ルチアは訴える。

「それは喜ばしいことだと思います。ですが、私はバランド王国国王のジュスト様の妻です。その立場にありながら、このように――」

「ああ、それな。それはなしだ」

「はい？」

本来ならこのように簡単に里帰りできる立場ではないと告げようとしたルチアの言葉を、父親は遮った。

「どういう意味ですか？」

「聞いたところ、お前はただの妻で王妃になったわけではないそうだな。そんな馬鹿にした話があるか。しかもバランド国王は他の娘を城に迎えたというじゃないか」

「それは誤解です」

「誤解？　お前との結婚式の次の日に、その娘をわざわざ迎えにいったと聞いたぞ」

「ですが……」

アーキレイ伯爵やメラニアのことを父親に説明しようとして、ルチアは口を閉ざした。

バランド王国の内部事情を簡単に口にはできない。

そもそもなぜ父親がこんなにバランド王城内でのことに詳しいのだろうと考え、ハリーが何度も謝っていたことを思い出した。

ハリーには四歳下の弟がおり、ルチアに従ってバランド王国についてきてくれたのだ。

文字の読み書きができる彼らは仲が良く、手紙のやり取りをしていてもおかしくない。

それでも、ふたりがルチアを裏切ったとは思えなかった。

何か事情があるのかと考え、まさかと思う。

ハリーの妻は体が弱く、薬代が高額になることもあると以前打ち明けてくれたことがあるが、そのあたりの事情を兄に利用されたのかもしれない。

「……とにかく、お父様がご無事で安心しました。ですから、明日にでもまたバランド王国に戻ろうと思います」

「その必要はない。お前はバランド国王とは離縁したのだから」

「……何と言いました？」

今度は意味もわかったが信じたくなかった。

しかし、父親は煩わしそうに繰り返す。

「お前はバランド国王に離縁されたのだ。持参金は返さないでいいと言ったら、飛びついたそうだ」

「そんな……」

信じたくはなかったが、確かに持参金が手に入ったのならルチアに固執する必要はないのだ。

ショックを受けるルチアに、父親はさらに信じられないことを嬉々として告げた。

「気落ちする必要はない。お前のような出戻りでも、光栄なことにジョバンニ殿下は結婚してもよいと言ってくださったのだ。よかったな。三日後には王太子妃になれるぞ」

「……はい？」

ルチアは唖然として上機嫌の父親から兄へと視線を移した。

何かの冗談かと思ったが、兄まで喜んでいる姿を見ると、本気なのかもしれない。

「馬鹿なことをおっしゃらないでください。なぜ王太子殿下が私と結婚なさるのです？　私は殿下に婚約破棄を――捨てられてしまったのですよ？　それに殿下にはカテリーナ様がいらっしゃるでしょう？」

「ふんっ。あの娘は認められんのだ。父親のバロウズ侯爵がへまをして、民をつけ上がらせたからな。こっちまで迷惑を被ったんだ。ああ、そうだ。メント商会にまた取引してやると伝えてくれ。お前が言えば喜んでくるだろう？」

驚愕のあまりルチアはもう何も言えなかった。

そんなルチアを見て、兄が笑う。

「嬉しくて言葉もないか。お前を王太子妃にしてやるために、一度は消えた縁談を父上と私がどれほど苦労して調え直したかわかるか？　感謝しろよ」

「……感謝？　馬鹿なことを！　私は殿下と結婚なんてしません！　明日にでもここを出ていきます！」

以前と変わらない兄の傲慢な言葉にようやく我に返ったルチアは、怒りをあらわにした。

そのまま荷解きの必要はないとマノンに言うために居間を出ようとしたが、兄が背後から肩を掴む。

「出ていくなど許さないぞ！」

「お兄様の許可などいりません」

「調子に乗るなよ、ルチア。お前の許可がいらないんだよ」

兄はそう言うと、「おい！」と声をあげた。

途端に居間にルチアの知らない従僕たちが入ってくる。

そういえば屋敷に着いてから見知っている使用人をひとりも見かけなかったと、ルチアは気づいた。

確かにルチアに仕えるためにこの屋敷を辞めた者も多いが、ハリー以外にもまだ残っていたはずなのだ。

「何をするの⁉」

従僕たちに拘束されたルチアは、兄を睨みつけた。

「お前に逃げられても困るからな。三日後の式までは部屋に閉じ込めておく」

「お父様！　こんな馬鹿なことをやめさせてください！」

「馬鹿なのはお前だろう、ルチア。将来はこのオドラン王国の王妃となれるのだぞ？　部屋で頭を冷やせ」

抵抗も虚しく、ルチアは拘束されたまま居間から連れ出された。

その背後から、兄の楽しそうな声が聞こえる。

「ああ、そうだ。お前の大好きな侍女はクビにしたからな」

「クビ？　まさか猶予もなく？」

「お前に似て生意気だからな。逃がそうとされても困る」

兄がマノンに何度も言い寄り振られているのは知っていたが、こんな仕返しをするとは思わなかった。

ルチアどうこうよりも逆恨みが強い。

「お兄様は相変わらず卑怯なのね」

「何だと！」

「やめなさい！　顔に怪我でもされたら困るだろう」

兄はかっとしてルチアに手を上げようとしたが、すかさず父親が止めに入った。

それも単にルチアを王太子妃にするための心配である。

結局、兄は睨みつけるだけで何もせず、ルチアは以前使っていた部屋へ無理やり押し込まれた。

その後、扉に鍵がかかる音がする。

ルチアが窓へと向かうと、ご丁寧に庭にも監視らしき男たちがいた。

（まさかこんなことになるなんて……）

ジュストとの離縁もショックだが、父親と兄がここまで強引な手に出ることに驚いていた。

ジョバンニから婚約破棄を申し渡されたときの怒り様を思い出し、ふたりの執念深さにぞっとする。

（マノンは王都に友人が何人かいるはずだから大丈夫なはず……）

マノンはしっかりしているのでそこまで心配することはないと、ルチアは自分に言い聞かせる。
むしろ外からでもルチアを逃がそうとしないか、そっちのほうが心配だった。
そう思うとおかしくて笑える。
笑うと不思議と落ち着いてきた。
(とにかく、状況を整理しないとね)
ソファに座って、ルチアが暮らしていた頃と何も変わっていない部屋を見回す。
そこに扉が開き、見知らぬメイドがお茶を運んできた。
「ありがとう」
にっこり笑ってお礼を言えば、メイドは驚いたようだった。
父や兄に腹を立てていても、他の人たちに八つ当たりするつもりはない。
味方にするのも難しいだろうが、情報収集くらいはできるだろう。
そう考えて、ルチアはひとまず休憩することにしたのだった。

＊　＊　＊

ショーンティ公爵家に監禁されて二日。

いよいよ明日はジョバンニとの結婚式だが、ルチアは本当に式があるのだろうかと懐疑的だった。

一度は婚約破棄した相手とそんなに簡単に結婚しようと思えるのだろうか。

（んー。でも、殿下だしねぇ……）

記憶にあるジョバンニを思い出し、ルチアはため息を吐いた。

ジョバンニは単純で乗せられやすい。

兄が言っていた復縁させるための苦労とは、おそらくジョバンニをその気にさせるためのものだろう。

また、ルチアをこうして監禁するための準備もあるかもしれない。

ルチアは窓の外を歩く男を見下ろした。

意外にも、兄のこの計画は今のところ成功している。

今までは文句ばかりで何もしないと思っていたが、やればできるのだ。

どうやらルチアも傲慢になって周囲の人たちを甘く見ていたらしい。

とはいえ、兄は努力する方向性が間違っている。

（ここから逃げるのは無理でも、式までにチャンスはあるはず……）

屋敷内は自由にできても、王宮ではさすがにすべてに目を配ることはできないはずだ。

きっと逃げる隙はある。

（まあ、逃げられても行く先がないんだけど）

そう考えるとかなり虚しい。

いっそのこと、ジョバンニと結婚してしまおうかと心揺れるときもある。

メイドたちからここ最近の情勢を聞いて、この国の行く末が心配になったのだ。

バロウズ侯爵領での暴動は、流通する商品の質の悪さと物価高騰が発端だったらしい。

ルチアが政務官たちに働きかけ、一定の品質以下のものは認めないとした法令の基準が下げられ、市場に出回る商品の質が一気に劣化した。

穀物には砂利が混じり、酒は薄められ、腐りかけの野菜が卸されるようになったのだ。

また、メント商会が中心となって安定供給されていたいくつもの商品が品薄となり、価格が高騰した。

さらには、領主や政務官たちと商会の間で賄賂が横行し、暴利をむさぼるようになったらしい。

それがこのたった二か月あまりで起こったことだった。

（何がどうしてこんなに早くそこまで悪化したんだろう……）

ルチアが今まで苦労して整えてきたものが、あっという間に崩れたのだ。

それだけ貴族たちは利権を欲していたのだろう。

それは父親も同様らしく、ショーンティ公爵領内でもかなりの混乱が起きているらしい。

（メント商会が追放されたことで、まともな商会も手を引いたみたいだもんね……）

バランド王国に来たカルロからも簡単に聞いてはいたが、手を引いた商会はさらに増えたようだ。

公爵家のメイドたちから話を聞いたルチアは、自分が呼び戻された本当の理由を理解した。

(経済的混乱から発展した民衆の不満をどうにかしろって感じ?)

この国には今、革命前夜といったような雰囲気が漂っている。

もちろんルチアが経験したことはなく、前世での歴史書から知ったものでしかないが、その危うさは何となくわかった。

前世の記憶を取り戻したときからあった焦燥感の正体は革命への恐怖だったのだろう。

(いやいやいや、無理だし。私ひとりでどうにかできる問題じゃないわよ)

オドラン王国に入ってからルチアの乗った公爵家の馬車に向けられる恨めしそうな視線、王都に入ってからの異様な歓声には不安を覚えた。

たったふた月ほどの間に、この国は急速に変わってしまっている。

(まさか、本当の私は悪役令嬢だったとかってことはないわよね?)

前世で一時期流行っていた悪役令嬢が出てくる物語。

悲惨な末路を回避するために主人公が奮闘していたが、今のルチアの状況に似ている気がしないでもない。

(でも、こんな世界の物語を私は知らないし……覚えていないだけ? いや、それこそ考えす

ぎよね）

もし物語の中だとすれば、婚約破棄され行きついた先のバランド王国で『めでたしめでたし』で終わっていいはずなのだ。

だが実際は離縁され、実家に連れ戻されて、馬鹿王子――もとい、元婚約者と再婚させられそうになっている。

このままだと断頭台に連れていかれるかもしれない。

（私の人生、前世も今世もどれだけ悲惨なの……）

考えるだけで泣けてくる。

今思えば、ジュストと一緒に過ごした時間をもっと楽しめばよかった。

いつ振られるのかと不安でいっぱいで、ジュストの温かい言葉も優しい仕草もすべてを疑ってばかりだったのだ。

（もし、もう一度だけチャンスがあれば、今度は絶対信じるのに……）

たとえひとときだったとしても、楽しんだもの勝ちだろう。

いっそのこと逃げ出したら、そのままバランド王国に戻ろうかと考える。

王城に向かうのではなく、どこかの小さな町に住むのもありかもしれない。

この国とは逆に、バランド王国の民は希望に満ちていた。

（うん。やっぱり逃げよう）

ルチアは今までこの国のためにと頑張った。たとえそれが誰に認められなくても、頑張ったのだ。

もう自分のために生きてもいいだろう。

幸いにしてルチアは王宮内の構図も警備の配置が甘い箇所も知っている。

警備に関しては変更されているかもしれないが、どうにか逃げ出すことはできるはずだ。

(まずはドレスを着替えないと、逃げきれないわね……)

用意されたウェディングドレスは純白のもので、ジュストとの式で着た深紅のドレスと対照的だった。

王宮を抜け出したらマノンを捜して、それから一緒に逃げればいい。

マノンが望まなければ別れの挨拶だけしてから、バランド王国に向かう。

ひとまずの軍資金はこの部屋に隠しておいた硬貨がまだあったので、それを式の間もどうにかして持っていようと考える。

それから、その先の計画を練っているとどんどん楽しくなってきた。

(悪いことを考えるってわくわくするわ)

ずっと前世でも今世でも、悪いこと——人の嫌がることはできるだけしないようにしてきた。

嫌われることが怖くて、他人の顔色ばかり窺って生きてきたのだ。

そんなルチアは今が一番楽しかった。

（いっそのこと、王城に押しかけて、陛下に復縁を迫るのもありかも）

傷つくことが怖くて、ジュストに告白することも考えなかったルチアにしては大きな進歩だろう。

明日の結婚式で自分が騒ぎを起こすことが楽しみになったルチアは、逃亡用の荷造りを始めた。

おそらく控室は用意されているはずなので、そこに置いておく荷物はできれば持ち出したいもの。

控室に戻れなくても、着の身着のまま逃げるとき用の荷物は硬貨を入れた小さな巾着のみ。大きさの割に重いのは仕方ない。ルチアは裁縫道具を取り出し、ブーケと一緒に持てるように巾着に細工を始めたのだった。

＊＊＊

翌朝。

王宮へ向かうショーンティ公爵家の馬車は沿道の民衆たちの祝福を受けていた。

ジュストの元へ輿入れするときとの違いに、ルチアは苦笑する。

（まあ、ネットもないこの世界では噂が情報源だから仕方ないとはいえ、二か月前と大違いね）

あのときは〝悪女ルチア・ショーンティ〟として、民衆からは汚いものでも見るように遠巻きにされたり、罵声を浴びせられたりしていたのだ。

この後、ルチアが逃げ出せば、彼らはどんな反応をするのだろう。

またルチアを悪女とするのか、ジョバンニを笑いものにするのかはわからない。

ただこのまま生活がよくならなければ、怒りに変わることは間違いなかった。

（でも、もう知らない。私が気にすることじゃないわ）

自分勝手な父親や兄、ジョバンニや自己保身しかしない国王のためにルチアが心配することはない。

自分たちでどうにかすればいいのだ。

ルチアはいつもと違って窓のカーテンを閉めたまま、民衆に応えることはなかった。


やがて王宮に到着したルチアは、控室に入って小さく息を吐いた。

ここでもずっと見張りがいる。

おそらく式場となる礼拝堂までついてくるだろう。

だがうまくいけば、式の前には離れるはずだ。

最悪の場合、ジョバンニと結婚することになるかもしれないが、それでもルチアは逃げ出すつもりだった。

(私がいなくても離縁が成立するならいいわよね)

式場に向かいながら、ルチアは覚悟を決めた。

わざわざ控室まで迎えにきた父親は、上機嫌で王太子妃の父になることを話している。

「やけにおとなしいな? これからもそうやっておらしくしていれば、殿下も喜ばれるだろう」

いつもなら何かと反抗してくるルチアが黙ったままであることを不審に思うでもなく、満足げに父親は言う。

体調を気遣うでもない父親を見て、ルチアはため息をのみ込んだ。

諦めたつもりでいたが、それでも少しくらいは娘のことを心配してくれるのではないかと期待していたらしい。

だが、心配どころか、最後まで疑っているようだ。

ルチアは未だについてくる見張りの男たちをちらりと見た。

(やっぱり、式が終わってからのほうが確実に逃げられるよね)

動きにくいドレスのまま衆人環視の中で逃げるより、式が終わった後なら着替えをしてから隙を見て逃げ出せばいい。

そう考えているうちに礼拝堂へ到着し、父親に背中を押されるようにして中へと足を踏み入れた。

正面には祭司とジョバンニが立っている。

そこまでひとりで歩んでいかなければいけないのだが、両側に座る参列者たちの視線にルチアは怯んだ。

参列している貴族たちからは妬み、恨み、蔑みと、ルチアへの負の感情があからさまだった。中には王家への反感もあるようだ。

父親は役目は終わりとばかりにさっさと最前列に座る兄の元へと向かう。

ルチアは兄から反対側に座る国王へと視線を移した。

国王はまた申し訳なさそうにしているだけ。

そしてジョバンニは礼拝堂に渦巻く怨嗟に気づいた様子もなく、居丈高にルチアを見て笑った。

「よかったな、ルチア。お前の望み通りになったではないか」

「私の望み？」

「そうだろう？　私とどうしても結婚したいがために、商人たちを唆して市場を混乱させ、民衆をたきつけてバロウズ侯爵領で暴れさせた。そのせいでカテリーナは嘆き苦しんでいるんだぞ！」

「……ならばなぜ私と結婚しようとされているのです？　カテリーナ様とご結婚して、お慰めすればよいではないですか」

入口に立つルチアに向けて、久しぶりに会ったジョバンニは嫌味たっぷりに告げた。

何を言い出すのかと思えば、わけのわからない理由でルチアを責めている。

突然、わっと泣き出したのは、参列者席にいるカテリーナだった。

ルチアにはずいぶん白々しい泣き声に聞こえるが、ジョバンニはカテリーナをつらそうに見てからぐっと拳を握りしめた。

「民がお前を望んでいるのだ！」

「いや、知らんがな」

「は？」

「あ……」

状況把握もできず、公の場で自分は馬鹿ですと喧伝するジョバンニに、ルチアはつい本音が漏れた。

驚き目を見開いたジョバンニの顔は間が抜けており、好きだと思っていた幼い頃の面影はない。

涙の出ていないカテリーナと、興奮を隠さず見ていた参列者たちも、さすがにルチアの発言には驚いている。

その中で、父親と兄は怒りで真っ赤になっており、国王は青ざめていた。

「……今、何と言ったのだ？」

「えーっと。要するに、殿下が望んでいらっしゃらないのなら、結婚しても何の意味もないということです」

この結婚の意味を——民の望みを理解していないのだから、今後もこの国は混乱を極めるだろう。

少なくともジョバンニに権力を握らせたままなら間違いなく衰退する。

そんなジョバンニを支え、この国のために尽くそうと思っていた過去の自分をルチアは罵った。

そして、ジョバンニを奪ってくれたカテリーナに感謝した。

「馬鹿な女だな。今さら気づいたか、その無意味さに！　私と結婚できたとしても、私の心は手に入らない！」

「いえ、いらないです。殿下の心も、結婚も。こっちからお断りです！」

「何を強がりを——」

「さよなら！」

結婚してからの逃亡計画をルチアはやめた。

一瞬でもジョバンニと夫婦になどなりたくない。

「待て、ルチア！」

「誰か止めろ！」

「ふんっ。好きにしろ」

くるりと背を向けたルチアを父親と兄が怒鳴るように呼び止め、ジョバンニは本気にしていないのか鼻で笑う。

皆は何が起こっているのか理解できていないらしく、今なら逃げられると礼拝堂の外へ一歩足を踏み出したルチアは、はっとして足を止めた。

「……陛下？」

太陽の光を浴びても漆黒に輝く髪をさらりと揺らし、わずかに息を切らしたジュストが階段を上ってくる。

暗い場所からいきなり明るい場所に出たから目が眩んで幻を見ているのかもしれない。それとも自分の希望が見せている幻覚かもしれないと、ルチアは思った。

「ルチア、無事でよかった！」

驚きのあまり動けないでいたルチアを、ジュストが抱きしめる。

されるがままになっていたルチアは、力強く温かいジュストの腕の中でようやく現実なのだと実感した。

「陛下、どうしてここに……？」

「妻を心配して迎えに来るのは当然だろう？」

「妻……」

離縁されたと思っていたルチアは、ジュストから『妻』と言われて驚いた。

そんなルチアを目にして、ジュストは表情を曇らせる。

「ひょっとして、離縁したいというのは本当だったのか？　てっきり何かの策略かと思ったんだが……」

「い、いいえ！　私は離縁したいなど、まったく思っておりません！」

「そうか……」

わずかに愁いを帯びた瞳で問いかけるジュストに、ルチアは慌てて否定した。

すると、ジュストはほっとした様子で微笑んだ。

その笑みを見て、ルチアはようやく自分がジュストに必要とされているのだと確信した。

ジュストの気持ちは恋かもしれない。ひょっとして愛かもしれない。

自分に禁じていた〝期待〟で胸がいっぱいになっていくルチアを、父親と兄、ジョバンニが咎める。

「ルチア！　何を馬鹿なことをしてるんだ⁉」

「早くその男から離れろ、ルチア！」

「私に恥をかかせる気か！」

喜びのあまりすっかり現状を忘れていたルチアは、ジュストの腕をぎゅっと掴んで振り向いた。

参列者たちは目の前で繰り広げられている騒動に顔を輝かせている。

「お父様、皆様方、紹介が遅くなりましたが、こちらが私の夫です」

「なっ――」

「挨拶が遅くなったが、私はバランド国王ジュスト・バランドだ。オドラン国王陛下、ショーンティ公爵、あなた方にはルチアと出会わせてくれたことに感謝する」

ルチアがジュストを紹介すると、父親も兄も驚き息をのんだ。

ジュストもまた驚愕する父親と顔色が悪いままの国王に挨拶をして、ルチアの額にキスをした。

突然現れた隣国の王に堂内は騒然とし、誰かの「素敵……」と呟く声や「野蛮人なんて嘘じゃない！」と叫ぶような声が聞こえる。

そこにジョバンニの裏返った声が響いた。

「ルチアを離せ！　ルチアは私と結婚するんだ！」

「それは無理だな。ルチアは私の妻だ」

堂々と答えたジュストは、懐から取り出した一枚の証書を広げてみせた。

それはルチアの名が署名された離縁状だったが、ルチアには書いた覚えがなかった。

しかも、夫の署名欄は空白である。

「結婚してから間がないとはいえ、妻の筆跡くらいはわかる」

そう言って、ジュストは離縁状を破いた。

それから厳しい視線をルチアの父親に向ける。

「たとえ父親だとしても、妻を騙し連れ去ったことは許しがたい。だが、これは挨拶の機会だったとしよう。ただし、今後は妻が望まない限り会わせるつもりはない」

父親はひっと悲鳴をのみ込み怯えていたが、ルチアは嬉しかった。

これできっぱり父親たちと縁を切ることができる。家族に囚われず自分の人生を歩めるのだ。

「ありがとうございます、陛下」

「もうそろそろ名前で呼んでくれないか？　ジュスト、と」

「ジュ……ジュスト？」

「ああ」

ルチアが心からの笑顔を浮かべてお礼を言うと、ジュストは優しく目を細めた。

そして耳元で囁くように言う。

耳まで赤くなったルチアが確認するように名前を呼び、ジュストが嬉しそうに答えたそのとき、楽しげな声が割り込む。

「あのー、イチャイチャするのもいいですけど、無事に奥方を確保できたことですし、そろそろ帰りません？」

「ニコル？」

「はい、ニコルですよ。最初からずっと、ジュスト様の後ろにいたニコルですよ」

ジュストしか目に入っていなくて全然気がつかなかったが、ニコル以外にもジュストの部下が何人も礼拝堂の外にいる。

いくら隣国の王とはいえ、他国の人間が帯剣したまま王宮の奥にある礼拝堂まで入ってこれたことに今さらながらルチアは驚いた。

それだけ王宮も機能していないということなのだろう。

「か、返せ！　ルチアを返さないというなら、持参金を返せ！」

「殿下、破綻していない結婚の持参金を返せとおっしゃるのも理不尽ですが、もとはといえばあれは殿下が婚約を破棄した私への賠償金です。それに公爵家から用意してあった持参金を足したものですから――」

「私はお前と結婚してやろうとしているのだから、婚約破棄などしていない！　よって、賠償金など支払う必要はないんだ！」

屁理屈にもならないジョバンニの言い分に、参列者たちも呆れているようだ。

国王はおろおろするだけで、愚かな息子を止めることもできない。

それどころか、ルチアの父親と兄がジョバンニに加勢を始めた。

「そうだ！　ルチアを返せ！　私の妹だぞ！」

「ルチアはこの国の王妃にするために育てたんだ！　それを奪おうというのか！」

「残念ながら、ルチアはバランド王国の王妃になる。ルチアさえ了承してくれたらだが」

利己的な父と兄の訴えを聞いても、ルチアはもう心を動かされなかった。

しかし、ジュストの言葉には動揺してしまう。

「それについての話は、後でゆっくりしよう。私が臆病だったばかりに、あなたに告白するのがこんなに遅くなってしまった」

ジュストは目を丸くしたルチアに申し訳なさそうに言うと、今度はオドラン国王を見た。

国王はびくりとして小さく震える。

「ルチアの持参金は必ず返しましょう。持参金などなくても、ルチア自身がこれ以上ないほどに価値のある女性なのですから」

「だ、だったら、今すぐ返していただきたい！」

「そうだ！　言い逃れの可能性だってあるからな！　戦ばかりの貧乏国家なんか信じられるか！」

「お父様！　殿下も何て馬鹿なことをおっしゃっているのですか！」

何の落ち度もない夫側に持参金を返せなどと、非常識にもほどがある。

それどころか、自分たちの都合で契約を破ると皆の前で宣言したようなものだ。

ルチアはジュストの言葉に喜ぶ暇もなく、父親とジョバンニに抗議した。

「ジュスト様、殺《や》りましょうか？　僕たちだけで十分いけますよ？」

「無駄な争いはしない」

いつもはニコニコしているニコルが剣の柄に手をかけ、物騒なことを小声で口にする。

すぐにジュストが一蹴したが、ニコルは納得していないらしい。

きっとこの礼拝堂に来るまでに、ジュストたちは王宮内の兵力を把握したのだろう。

ジュストの部下たちはここにいる者たちだけではないはずだ。

もしここでジュストたちが剣を抜けば、あっという間に礼拝堂内は制圧される。

平和ボケしたオドラン側が戦い慣れているジュストたちに勝てるわけがない。

だが誰も自分たちの危機に気づいていないことがルチアは滑稽にさえ思えた。

「――では、私がルチア様の持参金分を今すぐ立て替えてご用意しましょう」

「カルロ？」

「ご無事で何よりです、ルチア様。お父上の病の噂などまったく耳にしておりませんでしたのに、ルチア様がお見舞いに帰られたと聞いて、驚きましたよ」

ジュストの部下たちの間から現れたカルロの言葉に、ルチアはなぜジュストがこうして駆けつけてくれたのか理解した。

そんなルチアの考えを読んだように、カルロは楽しそうに笑う。

「私がお伝えするより前に、陛下はルチア様をお迎えにいく準備を進めていらっしゃいましたよ？」

「……ちょうど、離縁状を受け取ったところだったんだ」

「さっきは威張ってましたけど、ホントは動揺して筆跡には気づかなかったんですよ。それで、捨てないでくれ～ってお願いなさるつもりだったんですよね？」

「それは……嬉しいです」

カルロの登場で意外な事実を知らされ、ルチアの心は舞い上がった。

しかし、父親の声がルチアを現状に引き戻す。

「カルロ！　お前は私たちを裏切るのか⁉」

「裏切る？　意味がわかりませんね。そもそも、先に私たちメント商会を切り捨てたのは公爵のほうではないですか」

「それは……」

「こんなこともあろうかと、ルチア様の持参金と同額を金貨で準備していたのですが、正解でしたね」

メント商会は各国で手広く商売をしており、この国を丸ごと買い上げられるくらいの資産を保有している。

この国で商売できなくなったからといって、痛くも痒くもないのだ。

ただ、交通の便が悪くなった程度だろう。

そのことを知らない者がこの国の上層部には多すぎた。

「カルロ、すまないな」

「いいえ、お気遣いは無用でございます。これは投資です。我々商売人は未来《さき》を読んで動くものですから」

カルロはジュストにそう答えてから、自身の部下らしき者たちに合図を送った。

本当にすぐにでも金貨が運び込まれるのだろう。

「では、帰ろうか？」

「はい！」

ジュストに促され、ルチアは明るく答えた。

もうあれこれ悩んだりしない。

ジュストは何よりもルチアを優先してくれたのだから。

ルチアがこれからの人生で優先するのは、臆病な自分ではなくジュストだ。

そう決意してしまえばとても簡単なことだった。

ルチアはジュストから差し出された手を握り、階段を下り始めた。

「ま、待て！　このまま帰すと思うのか⁉　断りもなくいきなり他国の王宮に乗り込んでくるなど、戦になってもおかしくないんだぞ⁉」

階段を下りていたルチアたちに、追いかけてきたジョバンニが礼拝堂の入口から脅すように叫んだ。

その腕にはルチアを睨むカテリーナがしがみついている。

「……そうだな。もちろんその覚悟はある」

ルチアと共に階段を下りていたジュストがあっさり答えれば、ジョバンニは怯えて扉の陰に隠れた。

すると、カテリーナがジョバンニを引っ張り出しながら叱咤する。

「殿下、このままで悔しくないのですか！　殿下はこの国の王となる方でしょう⁉　この国で殿下に従わない者はいませんわ！」

カテリーナにそう言われ、ジョバンニは自信をわずかに取り戻したらしい。

「わ、私が命じれば、兵たちが駆けつけてくるんだぞ！」

「あなた方がこのまま快く見送ってくれれば、国境で待機している我が軍が私たちを迎えにくることはないだろう」

「なぜ私がそんな――」

「この馬鹿者！　いい加減黙らんか！」

ジョバンニの脅しもジュストには効かない。

それどころか、ジュストの返答がいつでも戦を始められると暗に告げていることに、ジョバンニは気づいていなかった。

カテリーナに背中を押されてさらに言い募るジョバンニの言葉を、父親である国王がようやく出てきて遮る。

おかげでルチアを守るように抱き寄せるジュストの周囲を固めていたニコルたちが剣を抜くことはなかった。

ルチアはほっとしたが、ニコルは残念そうだ。

「バランド国王陛下、数々の無礼をお許しください。また遅くなりましたが、ルチア嬢とのご結婚をお祝い申し上げます。持参金はあくまでも持参金。返金の必要はありません」

「オドラン国王陛下、祝辞には感謝します。ですが、持参金はお返しいたします。あなた方は貴重な宝を手放したのですから」

ルチアはジュストを見上げ、ニコルたちを見た。

ジュストだけでなく、皆が笑顔になっている。

内乱で荒んだ国を立て直すには、莫大な資金が必要なはずなのにルチアを選んだことを笑ってくれているのだ。

「……持参金を手放すなんてもったいないです」

「確かにそうだが、これは意地でもある。ルチアがどれだけ素晴らしい女性か、出会ったばかりの私でもすぐに気づいたのに、長年一緒にいながら何もわかっていない愚かな者たちへのな」

皆の優しさが嬉しくて、でも後ろめたくて呟いたルチアに、ジュストはにやりと笑って言う。

ルチアも笑って答えるべきなのに、胸がいっぱいで小さな声しか出せなかった。

「……ありがとうございます」

「礼を言うのは私のほうだ。ルチアは長年慕っていた婚約者も、家族でさえも捨てて私を選んでくれた。そうだろう？」

「はい……。私は陛下が――ジュスト様が……」

好きだと言いたい。

この気持ちを打ち明けたら喜んで受け止めてくれるのだろうか。

ルチアは力強く手を引いてくれるジュストを見つめた。

ジュストも柔らかに微笑んで見つめ返す。

「はいはい。いちゃいちゃするのはまだお預けでーす。ひとまずここを出ますよ」

ルチアの夢見た世界に再びニコルが割り込んできて、ルチアは我に返った。

今はそれどころではない。

いくらこの国の王が認めてくれたとはいえ、ジュストたちは他国の王宮にいきなり侵入したも同然なのだ。

「ニコルは優秀で大切な部下ではあるが、今は邪魔だな」

ジュストはルチアを連れて歩き始めながらぼやいた。

背後では国王やジョバンニとカテリーナ、父親や兄が言い争う声が徐々に遠ざかっていく。

それらにはかまわず、ジュストの前を歩いていたニコルが振り向いてにっこりする。

「聞こえてますよー」

「なら少しは遠慮しろ」

「ダメでーす。国境まではお邪魔虫でいますからね。お留守番のエルマンどころかシメオンにまで頼まれたんですから」

足早に王宮内を進みながらも交わされるジュストとニコルの会話に緊張感はない。

ルチアは今までにない安心感を覚え、くすくす笑った。

その笑い声を聞いて、ジュストは嬉しそうにルチアを見下ろす。

純白のドレスを着たルチアと黒い軍服を着た見知らぬ男たちの姿に、王宮内はちょっとしたパニックにはなっていたが、衛兵が駆けつけることも引き止められることもなかった。

そして前庭まで来ると、ジュストたちが乗ってきたらしい馬が何人かの部下たちと待っていた。

「街の外れに馬車を用意してある。そこまで私と共に乗れるか？」

「はい。大丈夫です」

乗馬は上手くはないが一応はひとりで乗れる。

ジュストと一緒なら間違いなく大丈夫だろう。

連れてこられた猛々しい軍馬を前にして、ルチアがそう考えたとき――――。

「ルチア様！」

「マノン!?」

馬に乗ったハリーの背後から、マノンが顔を出して呼んだ。

ジュストの部下たちはマノンの姿を認め、すぐに警戒を解く。

おかげでハリーは馬をルチアの前にまで進められた。

「ルチア様、ご無事でよかった！」

マノンは危険も顧みず馬から飛び降りるように地に立つと、ルチアに抱きついた。

「マノンも無事でよかったわ。でもどうしてここに？」

「ルチア様が王太子殿下と結婚されると聞いて信じられなくて、公爵家に乗り込んだんです。そうしたらハリーがここまで送ってくれて……」

いつもは気丈なマノンだが、今は小さく震えていた。

公爵家に乗り込んだのも、馬に乗ったのも、ルチアのことも、すべてが怖かったに違いない。

「なんて無茶をするの？　もう……。ハリーもありがとう」

「いえ、俺は……すみません。こんなことになるとは思わなくて……」

ルチアもいろいろな感情が込み上げてきて、マノンを安心させることはまだできなかった。

それでもとにかくハリーにはお礼が言えた。

ハリーもさすがにルチアが無理やりジョバンニと結婚させられるとは思っていなかったのだろう。

騙して連れ戻したことを後悔しているようだ。

「ハリーはこれからどうするつもりなの？」

「もう公爵家にお仕えすることはできませんから、馬を返したらすぐにでも違う仕事を探します」

「そう……」

ハリーは妻が病気で王都から離れられない。

それを知っていたルチアはバランド王国へ誘うことはできなかったが、あることを思い出した。

「そうだわ。これを……」

ルチアはずっと離さず持っていたブーケを、もう一方の手で引き抜くように掴んだ。

そして花の束を解く。

すると、中から小さな巾着がチリンと音を立てて地に落ちた。

「少ないけど、これを受け取ってくれる？　マノンをここまで送ってくれたお礼よ」

「ありがとう、ございます……？」

ルチアが巾着袋を拾い上げて差し出すと、ハリーは戸惑いながら受け取った。

それを見て、マノンが吹き出す。

「さすがルチア様です。逃げ出すおつもりだったのですね？」

「ええ、もちろんよ。でもその後のことを考えたら、お金は必要だもの」

「ええ⁉　これ、まさか……」

ハリーはルチアとマノンのやり取りを聞いて、慌てて巾着を開いた。

袋の中に硬貨が入っていることにようやく気づいたらしい。

「う、受け取れません！」

「お礼なんだから、受け取ってくれないと私の気持ちがすまないの。あとはじゃあ……」

巾着を返そうとするハリーに首を振って断りながら、ルチアはごそごそと自分の胸元を探った。

それから取り出した小さな懐刀に、黙って見守っていたジュストたちもぎょっとする。

そのままルチアは鞘を抜くと、スカートをわずかに裂いた。

「ルチア⁉」

「ルチア様！」

ジュストやマノン、ニコルたちの驚きにはかまわず、ルチアはスカートの裂け目に手を入れ、勢いよく抜き出した。

その手には新たな巾着が握られている。

「これも受け取ってね。それと、手紙をたまに送ってくれる？」

呆気に取られるハリーの手を取って、ふたつ目の巾着袋を載せた。

すると、今度はジュストが吹き出した。

「やはり私は最高の妻を得たようだな」

「本当ですねえ。ついでに僕たちの王妃様になってくれたら嬉しいんですけど、ジュスト様がもたもたしてるから……」

「では、さっさと帰ろう」

ジュストはニコルの嫌味に答えると、預けていた外套《がいとう》でルチアを覆った。

そのまま抱き上げて馬へと乗せる。

「ルチアにはあの真紅のドレスのほうが似合う」

「え……」

いきなりのことに驚いていたルチアは、ジュストの言葉でさらに驚き息をのんだ。

あのドレスとは、ルチアが初めてジュストと出会ったとき――ジュストとの結婚式で着ていたドレスのことだろう。

なぜ今それをと不思議に思い、ジュストの外套で覆われた純白のドレスがジョバンニとの結婚式のためのものだと気づく。

もしジュストが嫉妬しているのだとしたら、今すぐこのドレスを全部裂いてもいいと、ルチアは思った。

そんなルチアを抱きしめるように支えるジュストが、背後から心配そうに顔を覗き込む。

「ルチア、大丈夫か？」

まるで大切な宝物を見るように、ジュストの碧色の瞳にルチアが映っていた。

「……ジュスト様と一緒なら、もう私は大丈夫です」

ルチアはふっと力を抜き、笑って答えた。

ジュストが傍にいてくれる。

ただそれだけで、ルチアは幸せだった。

エピローグ

ルチアとジュストたちが国境を越えたときには、オドラン王国の王都を出発したときの四倍に一行は膨らんでいた。

王都から離れるごとに、合流する者たちがおり増えていったのだ。

どうやら分散して潜伏していたらしい。

ルチアが感心すれば、いろいろな戦い方をしてきたからと、ジュストは道中で教えてくれた。

そして国境近くの領主街に到着すると、シメオンが多くの兵たちと待っていた。

「奥様、ご無事で何よりです。それでは王城に向かいましょう」

ルチアが領館の正面で馬車から降りた途端、シメオンは挨拶をしてすぐに連れていた馬に乗ろうとした。

それをニコルが慌てて止める。

「待て待て待て、シメオン！　僕たちには休憩が必要なの！　わかった？」

「……ニコルは元気」

「僕はね」

国境で待機している軍とはシメオンたちのことだったのかと、ルチアはジュストの言葉を思い出していた。

やはりあれは脅しではなく、本気で戦の準備をしていたのだ。

皆にそのような負担をかけたのもルチアが甘かったからだ。

「ルチア、シメオンの軍が駐留しているのは、領主不在のこの地の調査と復興のためだ。シメオンは私たちと今後の課題を話し合うために城に一度戻るが、兵たちは残って復興作業を続ける」

「そうだったんですね……」

領館の中へ入りながら、ジュストはまるでルチアの気持ちを軽くしてくれるかのように説明してくれた。

それを聞いたルチアはほっと息を吐いて微笑んだ。

ジュストの気遣いが嬉しく、また輿入れの際に通ったこの地の荒廃が気になっていたので安心したのだ。

「ここは地力がありますし、しっかり手を入れればまた豊かな実りをもたらしてくれますよね。それに国境に面してもいるので、国王軍が駐留してくれるなら民も安心でしょうから……まあ、オドラン王国は他国に進軍するだけの国力が今はありませんけど」

ただ民はそんな他国の事情は知らない。

不安な思いをしているのは、きっとこの土地の民だけではないだろう。

「ジュスト様」

「うん？」

「出しゃばるつもりはありませんが、それでもこの国の人たちが安心して暮らせるように、私に少しでもできることがあれば何でもおっしゃってくださいね」

前置きをしつつもやっぱり出しゃばってしまっただろうかと、ルチアは心配した。

しかし、ジュストはルチアの手を取り甲に口づける。

「出しゃばるとかどうとか、ルチアが気にする必要はないんだ。前にも言ったが、ルチアは私に新しい視点と発見をくれるのだから」

「ジュスト様……」

あまりにも優しいまなざしを向けられて、ルチアはジュストから目が離せなかった。

手を握り合い見つめ合うルチアとジュストに、またまたニコルの声が割り込む。

「あー、はいはい。お約束通り国境を越えましたからね。安心しておふたりの時間を楽しんでください。邪魔者は退散しますよ～。はい、シメオンも」

「では、私もルチア様のお部屋を整えてまいりますので、失礼いたします」

「え？　あ……」

ルチアがはっとしてニコルたちを見ると、もうすでに居間から出ていくところだった。

マノンまでもが出ていき、主不在の領館の居間で久しぶりにふたりきりになる。

（ええ？　ちょっと待って！　いきなりふたりきりとかハードル高いよ！　この状況は前世での記憶があるからこそこの先のことを考えて緊張するっていうか、どうしよう⁉）

ルチアは頭の中でわたわたと慌てていたが、結局は特に何か進展することもなかった。

ただ話をして、それぞれ用意された部屋で休むだけだったのだ。


それから王都までの移動の間も、何かとニコルが気を利かせてふたりきりにしてくれたのだが、ずっとそんな調子だった。

王都まで戻ってきたルチアは、はあっと大きくため息を吐いた。

（ひょっとして、私に魅力がないとか……。いや、そもそも好かれているっていうのが私の勘違いだったら……？）

さすがにそれは悲しすぎると思っていると、車外から歓声が聞こえ始めた。

どうやら王都の人々がジュストの帰還を喜んでいるらしい。

そこに馬車の窓近くがノックされ、ジュストの声が聞こえた。

「ルチア、カーテンを開けて手を振ってやってくれ」

「――はい」

ジュストに従ってカーテンを開けると、途端に歓声が大きくなる。

その声の中にはルチアの名を呼ぶものもあり、ルチアは驚きつつも手を振った。

さらに王城では、街中以上の喜びでもって迎えられた。

「奥様、お帰りなさいませ！」

「ルチア様！　ご無事でよかった！」

ジュストの手を借りて馬車から降りたルチアを出迎える声は、元から従ってきてくれた使用人だけでなく、この城の者たちからもあがっていた。

初めてこの城に足を踏み入れたときと違って、ルチアも満面の笑みを浮かべる。

「ただいま戻りました」

ルチアが答えると、わっと歓声があがる。

その中で近づいてきたエルマンもまた笑顔だった。

「奥様、ご無事でのお戻り何よりでございます。ジュスト様もよかったですね。奥様とご一緒でなければ、城中の者から役立たずと誹《そし》られるところでしたから」

楽しげなエルマンの言葉に驚くルチアに、ニコルが「本当だよ」と笑って言う。

すると、ジュストがルチアを抱き寄せ、ニコルから引き離した。

「悪いがルチアは疲れている。よって、休息が必要だ」

ジュストが宣言するように言うと、今度は別の歓声があがる。

ルチアは顔を赤くしながらも、皆に出迎えのお礼を言いながらジュストに連れられて部屋へと向かった。

「――のに、何で何もないの……？」

帰城から五日。

ジュストとは進展するどころか、ほとんど会うこともできていなかった。

もちろん留守にしていた間に仕事が溜まっていただろうこともわかる。

だがこうも何もないと、あのとき――オドラン王宮にまで駆けつけてくれたときに芽生えた自信がどんどんしぼんでいく。

「やっぱり、ジュスト様が私を好きかもっていうのは勘違いだったのかしら……」

「何をおっしゃっているのですか。好きでなければ、莫大な持参金を捨て、危険を冒してまでルチア様を迎えにきてくださるなんてことがありますか？」

「そうよね……」

「そうですとも！　それにこれから陛下と久しぶりにお散歩なさるんですから、楽しんでいらっしゃいませ」

マノンの励ましは嬉しかったが、今ではルチアを迎えにきてくれたのも、みんなの意向を受けてなのではないかと思えてきていた。

「ありがとう、マノン。でも、このドレスは少し派手じゃない？」

「いいえ。とても美しくてよくお似合いです」

「そう？」

鏡に映ったドレスを見ながらルチアが問うと、マノンが満面の笑みで否定する。

あの初対面のときのドレスとは違うが、赤いドレスはただの散歩には相応しくないように思ったのだ。

それでも、マノンに励まされ褒められて見送られ、部屋を出たときには心躍っていた。

マノンの言っていた通り、これから久しぶりにふたりきりでの散歩ができるのだ。

しかし、ルチアの期待はあっという間に失望に変わっていった。

以前ならあれこれと話に花が咲いたのに、今日は何かを話しかけても二言三言で会話が終わってしまう。

ジュストがどこか上の空なのは、国政などで気になることがあるのだろう。

無理してルチアといるよりも執務に戻ったほうがいい。

今日は早めに切り上げようと、ルチアが提案しようとしたとき、ジュストはいきなり立ち止まった。

「ルチア、庭師に聞いたんだが、今の時期にはバラは咲いていないらしい」

「そう、ですね……」

ジュストが示すのは剪定《せんてい》されたバラの蔓《つる》だった。

この城には温室がないため、今の時期は四季咲きのバラでも花は咲いていないだろう。

それにしても、花にはまったく興味がないと言っていたジュストが、庭師とバラについて話したことが意外だった。

「だが、春になるとこれに赤いバラが咲くらしい」

「それは春が楽しみですね」

ルチアもさすがにバラの蔓には気づいていたが、色まではわからなかったので、赤だと聞いて微笑んで答えた。

すると、急にジュストが跪く。

突然のことに目を丸くするルチアを、ジュストは緊張した面持ちで見上げた。

「ジュスト様……？」

「ルチア、あなたに今はバラの花束を差し出すことはできないが、せめて私の愛だけでも受け取ってくれないだろうか？」

「……え？」

バラの花束云々に気を取られ、ジュストの言葉をすぐに理解することがルチアはできなかった。

しかし、ジュストはまるで心を差し出すかのように、胸に当てた両手をルチアに差し出す。

「好きだ、ルチア。愛している」

今度はルチアも理解した。

ただあまりに嬉しくて泣きそうで言葉にならない。

それなのに、ジュストはさらにルチアに愛の言葉をくれる。

「どうか、これからの人生を私と共に歩んでくれないだろうか？」

「……はい」

「本当に？」

「ええ」

「王妃になってくれるかな？」

「ジュスト様を……支えられるなら喜んで……」

ルチアが小さく震えながら、差し出された手を取ると、ジュストの顔がぱっと輝いた。

それからルチアの手を握り返して立ち上がる。

「ありがとう」

そう言って、ジュストはルチアを引き寄せ抱きしめた。

途端に遠くから歓声があがる。

城の窓から多くの人たちがルチアたちを見ていたのだ。

その中でひときわ喜んでいるのはニコルだった。

その隣にはエルマンとシメオン、そしてマノンまでいる。

「この庭は、ルチアの庭にしよう。そうすれば、春には赤いバラがあなたのものになる」

「……なぜ、赤いバラを?」

「愛を請うには、赤いバラがいいと書いて……いや、とにかく、あなたを初めて見たとき、紅いバラが咲いたのかと思った。だから、あなたに贈りたくて探したが……なかった」

残念そうに言うジュストを見て、ルチアの胸はぎゅっと締めつけられた。

ひょっとしてジュストはこの五日間、赤いバラを探していたのかもしれない。

しかもルチアのために『恋愛指南書』を読んでくれたのかもしれない。

ずっと励ましてくれたマノンも、この告白を知っていて、今日のドレスを選んでくれたのかもしれない。

そう思うと、何もせずにただ待っていただけの自分が情けなくなる。

こんなにしてもらったのだから、次は自分から動かなければと、ルチアはジュストに抱きついた。

皆に見られていることもどうでもいい。

「私もジュスト様が好きです。もうずっと前から、どうしようもないくらい大好きです。私も……愛しています」

「……ありがとう」

ジュストは一瞬驚いたようだったが、すぐに嬉しそうに笑い、ルチアを強く抱きしめ返した。

「春が楽しみになりました」

「私は今も楽しいよ」

ルチアがジュストの腕の中から花のない蔓を見つめて言えば、楽しげな嬉しい言葉が返ってくる。

「それは私もです」

「では、散歩を続けよう」

ジュストはそう言いながらも離れることなく腕の中のルチアを見つめた。

ルチアも応えるように見つめれば、大きな手が頬に触れ、愛情に満ちた碧色の瞳が近づいてくる。

てっきりまた額にキスされると思って目を閉じたルチアは、唇にキスされた瞬間ぱっと目を開けた。

ジュストは一度離れると、驚くルチアを愛しげに見つめ、再びキスをした。さらにもう一度。

遠くからはやし立てるような歓声が聞こえたが、羞恥に悶えるのは後にする。

今はただ、ずっと夢見ていた物語の主人公のように、ルチアは愛と幸せに満たされていた。

つづく

あとがき

皆様、はじめまして。もしくは、こんにちは。もりです。このたびは『婚約破棄された公爵令嬢は冷徹国王の溺愛を信じない』をお手に取っていただき、ありがとうございます。

今作はスターツ出版様のベリーズシリーズから「恋愛推し」の新しいレーベルが創刊されるということで、ありがたくもお声をかけていただきました。

喜びつつも書き進めていくうちに、恋愛とは……と迷い悩み、さらに新しいレーベル名が『ベリーズファンタジースイート』に決まったと担当様から伺ったときには、ついにスイートを求めて恋愛ラビリンスに迷い込んでしまいました。

『恋愛指南書』を読み込むヒーローはありなのか、スイートになるのかと迷いましたが、担当様から「ありです！」と出口へ導く糸のようなお言葉をいただき、どうにか書き上げることができました。

恋愛に期待しないヒロインと恋愛にヘタレなヒーローで進む物語なのでレーベルカラーに合っているのか、スイートを求めていらっしゃる皆様の期待を裏切らないか心配ではありましたが、担当様がＯＫをくださったのでよし！笑

しかも、へっぽこな恋愛をしている二人を紫真依先生が美麗イラストで後押ししてくださり、

素敵な一冊にしていただけました。

気の強いルチアと冷徹なはずがちょっと残念になってしまったジュスト、その仲間たちをイメージピッタリに描いてくださった紫真依先生、ありがとうございました！

また、迷宮に迷い込んだ私を救い出してくれた担当様、自信を与えてくださった担当様、この本の出版に携わってくださった全ての皆様には感謝の気持ちでいっぱいです。

何より、この本をご購入くださった皆様、本当にありがとうございました。

もり

婚約破棄された公爵令嬢は冷徹国王の溺愛を信じない

2023年4月5日　初版第1刷発行

著　者　もり

発行人　菊地修一

発行所　スターツ出版株式会社

〒104-0031　東京都中央区京橋1-3-1　八重洲口大栄ビル7F

☎出版マーケティンググループ　03-6202-0386
（ご注文等に関するお問い合わせ）

https://starts-pub.jp/

印刷所　大日本印刷株式会社

ISBN　978-4-8137-9226-0　C0093　Printed in Japan

［もり先生へのファンレター宛先］
〒104-0031　東京都中央区京橋1-3-1　八重洲口大栄ビル7F
スターツ出版（株）　書籍編集部気付　もり先生

ISBN：978-4-8137-0528-4　※価格、ISBN は 1 巻のものです